「まぁ、貴方が外に出る分には協力してあげるけどさ」
「本当かっ!?」
私の言葉で尻尾をゆっさゆっさと揺らしている。うんうん、嬉しいみたいだね。

マリサ
Marisa
シャーロット
Charlotte
ルイーズ
Louise

もふもふ軍団と行く、
のんびりSランク
冒険者物語

# けもの使いの転生聖女

1

Reincarnation of Beastmaster

白石 新
Arata Shiraishi

Illustration
希望つばめ
Tubame Nozomi

GC NOVELS

Contents

prologue

# プロローグ

「どうやら転生してしまったみたいバブ」

今の私の名前はマリサ＝アンカーソン。この体の記憶をたどるに生後三か月の乳児である。

そして、この場所はアンカーソン男爵家の子供部屋だ。

――転生前の私の祖母は聖女、祖父は武神。

両親は流行《はや》り病で死に、祖父母……神魔大戦争の英雄に山奥で育てられた私は少し強くなり過ぎた。

けれど、戦争が終わり、平和な世界で私は磨き上げた力を試すこともできずに、その生涯を閉じたのだ。

「はたして、これは最後の私の願いがかなったということバブ？」

記憶をたどると、今は帝紀三二六二年。

平和な世界で力を試すこともできずに死んだ私は、力を試す場所が欲しかった。

――乱世を求めていた。

「ここは私が死んでから三千年後の世界バブ」

そして、時は正に乱世。

「魔物がはびこり、武装強盗団が荒野に巣くう――私の望んだ乱世バブ」

この身に溢れる狂喜の感情で、私は思わず両手を握りしめる。

「磨き上げた私の武を……存分に発揮することができるバブ」

そして気が付けば――

「お、お、お、お嬢様が……っ！　喋《しゃべ》ってるーっ!?」

と、メイドが泡を吹いて卒倒していたのだった。

◆

「三か月の子供が喋るなんて、馬鹿も休み休み言いなさい」

揺りかごで揺られていると、母にメイドが怒られている姿が見えた。

あの日、メイドが一人でいてくれて良かったと本当に思う。目撃者が複数いれば、さすがに大問題になっていただろう。

昔の私は強者だったが、今は三ヶ月の乳児だ。

——非戦闘員など物の数ではないバブ。

昨日確認したが、私は以前使えた魔法は使えるのだ。

無論、魔法を使えば、それこそ一般人など相手にもならない。

だが、悪魔に取り憑《つ》かれていると思われて、聖騎士団を呼ばれでもしたら目も当てられない。

実力をロクに出せないまま私は死んでしまうだろう。

「いや、けれど奥様っ！　確かにマリサお嬢様はっ！」

「いい加減にしなさいっ！　そのような妄言を吐いていると、悪魔憑きとして異端審問官を呼ばれてしまいますよっ！」

やはり……と私は思う。

——ここにも異端審問官はいたバブ。

予想通り、この時代にもいた。

この年齢で取り押さえられて、拷問の末に死ぬなど、決してそんな結末を迎えることはしたくない。

「しかし、奥様……っ！」

「もうよろしいですっ！　早く子供部屋にマリサをっ！」

そうしてメイドが私のところまでやって来て——

——およそ三ヶ月の乳児に見せていい類のモノではない表情で私を抱いて、子供部屋に連れて行ったのだ。


そして子供部屋。

柵付きの乳児用ベッドに寝かせられた私は周囲の様子を窺《うかが》う。

「どうやら今はメイドしかいないみたいバブ」

すると、ギョっとした表情でメイドが私を見てきた。

このメイドについては既に見られているので、二人きりの時はこれくらいは問題ないだろう。

と、寝かせられている私は、右掌を高々と掲げた。

「身体能力強化バブ」

やはり、思った通りに前世の力は使えるようだ。

私は腹筋に力を入れて、上半身を起こした。

むむ？　いささか……腹筋が弱いな。身体能力強化でもこれとは……。

やはり、メイド一人に見られることだけで済んで良かったようだ。

そう、今の段階で強者に襲われるとひとたまりもない。魔法も万能ではないのだ。

そうして私は柵をむんずと掴んで、足を踏ん張り——立ち上がった。

と、そこで私とメイドの目があった。

メイドは信じられないという表情であんぐりと口を開いて――

「お、お、お嬢様が……っ！　立ってるーっ!?」

そう叫んで、メイドは泡を吹いて倒れてしまった。

と、そこで私は思ったのだ。

――身体能力強化をしても、せいぜいが立ち上がる程度が今の私の全力だ。

そして、昨日から思ったのだが……暇だ。

乳児の生活はとても暇だ。

とにもかくにも体の成長が急務だ。魔法はそれなりに使えるが、さすがにこの身体能力では何もできない。

と、そこで私は結論を下した。

「生命の危機の際には自動で私の意識が蘇るようにして……意識を十六年ほど眠らせておくバブ」

十六歳といえば、以前の世界でもこの世界でも成人だ。

それまでは、元々のこの体に宿っていた魂にこの体を譲るとしよう。

それから、私は磨き上げた力の……腕試しをするのだ。

――そして、十六年ではなく……十三年九ヶ月の歳月が流れた。

ちなみにメイドは「お嬢様と私」という題名の「見た目は乳児、中身は大人」という内容の謎解き探偵小説を執筆、それが大当たりして屋敷を退職し、悠々自適の生活をしているとのことだ。

## サイド マリサ

「さあ、マリサ？　生贄《いけにえ》となってアンカーソン家のためにその身を魔獣に捧げなさい。そのために我が家は貴方を十四年も飼いならしていたのですからね」

お姉ちゃんが、身の毛もよだつような冷酷な表情でそう言った。

そして私と魔獣を相互に見やり、ニタリとお姉ちゃんは楽し気に笑った。

ねえ、お姉ちゃん？　私達は血を分けた肉親だよね？

どうして、死にそうになっている妹を目の前にしてそんな表情ができるの？

分からない、私には分からない。お姉ちゃんが笑っている理由が何一つ理解できないよ。

「なんで……なんでこんなことに？　ねえ、私なにも……なにも悪いことしてないよ？」

「ええ、確かに貴方は何もしていないわ」

「ねえ、お姉ちゃん？　いつもみたいに笑ってよ、そんなに怖い顔しないでよ……」

しかし、私の前に立つお姉ちゃんは何も答えてはくれない。

ただただ、愉快だという風にクスクスと笑っている。

と、そこでグオオオと獣の唸り声が聞こえ、私はビクリと反射的に声の主に顔を向ける。

――ここは古代から残る闘技場《コロッセウム》。

私の眼前には体長八メートル、体高三メートルの巨大な犬――フェンリル。

厄災級の魔獣個体が、私の柔肌を食い破る時を今か今かと待ちわびているのだ。

今、石造りの闘技台には……フェンリルと私、そしてお姉ちゃんの三人。

お父さんは高みの見物とばかりに、観客席の特等席を陣取っている。

――ボトボトと、巨大な犬の口内から涎《よだれ》が零れ落ちていく。

ブルブルと体が震え、私の両足はロクに言うことをきいてくれない、動けないし動かない。

今、まさに私は蛇に睨まれた蛙という心境だ。

つまりは……端的に言えば、私は今、絶体絶命の危機に陥っているという訳だ。

何故にこうなったかというと――

昔から、私は天然な娘だねっていつも言われていた。

お父さんが言うには「のほほん」として非常にいい。

お姉ちゃんが言うには「のんびり」していて凄くいい。

だから、ずっとお前はそのままでいろと、子供の時からそう言われていた。

——天然って、可愛いとかそういう意味での褒め言葉なんだ……ってずっと思っていた。

私がのほほんと、のんびりとしていると、みんなが嬉しそうで幸せそうだった。

だから、私はこの性格がみんなを笑顔にするんだと思ってた。

でも、それって言い換えれば……「のほほん」は「馬鹿」、「のんびり」は「ノロマ」だってことだった。

言い換えるのであれば、のほほんでのんびりというのは、愚鈍である。

そして、二人が言っていた『いい』っていうのは——

——家族にとって愚鈍な私は都合がいいってことだったんだよね。

男爵令嬢：マリサ＝アンカーソン。

それが私の名前であり、下級貴族の次女ということになる。

アンカーソン家の領地は魔物の被害が異常に少なく、下級貴族の領地運営としては申し分ないほどに十分な利益を出すことができていた。

必然的に、上級貴族のような身分不相応な高水準の生活だった。

そして、特に私は本当に蝶よ花よと育てられた。

家族の愛を受けて、私は本当に自分を幸せな娘だと思っていた。

――そして、十四歳の誕生日の前日、私は全てを知ることになる。


『フェンリル……ですか？』

お父さんが言うには、我が家の領地であまり魔物が出ないのは、この領地が有力な魔獣の支配下になっているからだって話だった。

普通、強力な魔物が領地に現れた場合、人間との住み分けはできずに、騎士団や冒険者ギルドと魔物の戦いになる。

そうして、勝った方が居座り、敗者が去るというのが世の常なんだけど――

『フェンリルは人と交渉ができるほどに賢い魔物だ。故に、古くからの約定により……我が領内では人と魔獣の領地内の住み分けが可能となっている』

初めて聞いた話だったけれど、聞けば聞くほどにその内容はおぞましいものだった。

月に一人の生贄の供出と、五十年に一人の貴族の娘の供出。

つまりは、魔物に媚《こび》を売り、半ばその支配下に置かれることによって争いごとを避ける……それが、男爵領地の良好な領地運営の裏に隠された真実だった。

月に一人の生贄については、中央から処刑予定の罪人を捨て値で買うことで都合をつけていたらしい。そして、貴族の娘の供出――

――それが次女である私に与えられた、生まれながらの役割だったのだ。

高貴なる血は魔獣の好物らしく、更に言えば高価な美味い物を食べ続けた人肉は、やはり美味い。そして、愛情漬けにされ、一切の曇りを知らぬ無垢な魂は、魔獣にとっては極上のスパイスとなるのだという。

お父さんの笑顔も、お姉ちゃんの笑顔も……全ては嘘だった。

私を見ていた優しい目も、そのままの意味で……解体前の家畜を見るものと同じだったのだ。

『何故に人間が魔物に生贄を出すの？　そんなの間違ってるよ』

『騎士団を派遣し……数十人も数百人も被害が出て、遺族補償を支払うのと、愚鈍な娘一人差し出すのと、どちらが得か考えればいい』

そういってお父さんはニヤニヤと笑い、私は悔しさで涙を流した。

そうして訪れた現況は圧倒的な生命の危機って奴だね。

だって、私は今、解体小屋に並んでいる牛や豚と同じで、眼前には巨大なフェンリルがいるんだから。

◆

「お姉ちゃん？　本当に私はもうどうにもならないの？」

「ふふ、フェンリルに捧げるため、貴方は大事に大事に育てられたわ」

そうして、吐き捨てるようにお姉ちゃんは言葉を続けた。

「姉である私を差し置いて、生贄としての魂の純度をあげるように、家畜を肥え太らせるために、お父様もお母様も、愚鈍な貴方に表面上の愛を与えた。いや、与え続けた」

般若の面を作り、お姉ちゃんは更に語気を強める。

「本来は私にこそ捧げられるべき愛情を貴方は受けていたのよ？　お父様やお母様に甘えたいときも私は我慢して……憎い貴方にずっと私は笑みを浮かべていたの。ふふ、だから私はずっと待っていたのよ？　貴方が生贄に捧げられるこの瞬間に笑うために、ずっとずっとね……っ！」

そんな……そんなことって……。

お姉ちゃんは私を憎んですらいたってこと？

そうしてお姉ちゃんは、涙を流す私に、心の底からの勝ち誇った笑みと共に胸を張った。

「実はフェンリルの御威光は、私達よりも遥かに格上の……隣の領地の公爵家の方々も享受しているの。そうして、下級貴族の当家が生贄を差し出す代わりに……今回については、見返りとして長女である私には上級貴族の正妻の座を与えてもらえるというお話なのよ」

え？　お姉ちゃんは玉の輿ってこと？

私が生贄で、その対価としてお姉ちゃんが……？

「ふふ、ははっ！　はははははっ！　あはははははっ！　ねえ、どんな気持ち？　今、どんな気持ち？　貴方ができた瞬間から両親の愛を奪われた私の気持ちの百分の一でも理解したかしら？　あー、今まで我慢して良かったー！　だって、今の貴方の顔って本当に笑えるわよ？」

お姉ちゃんの高笑いがたまらなく不快だ。

腹の底で、ドス黒く熱い何かが生まれて、それが血流にのって全身に巡っていく。

やがて頭まで熱い何かがきた時、私は理解した。

――これは怒りだ。

のんびりで、のほほんと生きてきた私が生まれて初めて感じた――他者への怒りなんだ。

私はお姉ちゃんの近くまで歩いていき、右手を高々と掲げた。

「あら？　平手打ちでもするつもり？」

やはり、勝ち誇った微笑を崩さずにお姉ちゃんはそう言った。

「これでも私は貴方と違って……自分の身は自分で守れるように、護身術の一つや二つは嗜《たしな》んでおりましてよ？」

確かにお姉ちゃんは小剣の達人で、魔法学院で入賞したこともある。

このまま私が平手打ちをしたところで、避けられて反撃を受けるだけだろう。

でも、それでも私は――

「うっ……うっ……うわあああああああっ！」

「ふふ、本当に愚かな子」

自分でも、私の平手打ちが……へろへろのへなちょこなのは分かっている。

こんな平手打ちじゃあ、蚊も殺せないことを分かっている。

けれど、抵抗しない訳にはいかなかった。

――お姉ちゃんに……っ！

――運命に……っ！

――こうなるまで気づかなかった愚鈍な私に……っ！

「本当に遅い平手打ちね。まあ、今まで一度も人を殴ったことなんてないから当たり前――」

と、その時、私の頭の中に電流が走った。

頭の中に走馬灯のように映像が回り、そして莫大な記憶が流れて来る。

――古代魔術に関する記憶。

――神魔大戦に関する記憶。

――三千年前の街並み。

――大戦で英雄となった聖女と武神。

――そして、聖女と武神の……二人の武を受け継いだ孫娘の記憶が、頭の中に溢れていく。

何……？

これは一体……どういうこと？

――私は、孫娘。

――そう、聖女と武神の……孫娘。

そして、かつての生まれ変わる前の私が、今の私に心の中で語り掛けてきた。

――全く……なってないな。

え？　なってないってどういうこと？

――そんな殴り方では駄目だ。

そんな殴り方って……どういうことなのよ？

――それでは人は殺せないバブ。

ヘナヘナとした私の平手打ちは、突然にビュオンとした音を立てながら、猛烈な速度でお姉ちゃんの右頬へと吸い込まれていった。

そして、私は怒りをぶちまけるかのように大声で叫んでいた。

「そおおおおおおいっ！」

掌はお姉ちゃんの右頬に着弾。

お姉ちゃんの表情が驚愕に変わっていく、そして――

――お姉ちゃんは二十メートルほど吹っ飛んでいき、コロッセウムの壁にめり込んで、ピクピクと痙攣《けいれん》していたのだった。

で、ピクピクと痙攣しているお姉ちゃんを見て、私は呆けた表情を作った。

「え？」

いや、本当にどういうこと？

一体全体どういうこと？　なんで？　なんで？　なんでなの？

お姉ちゃん、なんで吹っ飛んでるの？　平手だよ？　ただの平手打ちでなんで二十メートルも吹っ飛んでるの？

――いや、途中……ビュオンってすごい音したけどさ。

あと、頭の中に凄い一杯色んな記憶もあるけどさ。

っていうか、ダメ。情報量が多すぎて、今は何が何だか分からない。

と、私がうろたえているところで――

「汝……なるほど、ただの生贄ではなく……強者かっ！」

グルルとフェンリルが嬉しそうに笑った。

犬だけあって……表情があるみたいね。いや、この場合はオオカミか、どっちでもいいけど。

そうしてフェンリルはグッと肢《あし》に力を入れて跳躍《ちょうやく》してきた。

――ドンっ！

何も見えないまま、訳も分からぬままに思い切り体当たりを喰らい、私は背後に吹っ飛んだ。

そして、コロッセウムの壁にめり込み、私はお姉ちゃんみたいな状態になった。

いや、まあ、お姉ちゃんみたいに手足は変な方向に曲がってないし、気絶もしてないけどね。

メリメリメリっと音を立てて、私は壁から脱出して歩き、再度……闘技台の上に立った。

そうしてフェンリルは再度肢に力を入れて跳躍。

「ほう、今の攻撃でも動けるとな？」

真横から声が聞こえて、すぐさま背後でビュオンと風を切る音が聞こえてきた。

――やっぱり見えないっ！

背後から思いっきり爪撃《そうげき》を喰らって、私は前のめりに倒れ込んだ。

そうしてフェンリルは「何っ!?」と警戒の声をあげ、私から距離を取った。

「お主……どうなっている？」

いや、フェンリルが驚くのは分かる。

だって、私が一番驚いているんだもん。

——全然痛くない。っていうか、服は裂けてるけど……無傷。

私、一体全体どうなっちゃってるの？

「一撃で仕留めるのは難しそうだ……っ！　ふふ、たぎる……たぎるぞっ！　真の強者など何千年ぶりかっ！」

そうしてフェンリルは再度……肢に力を入れて私の周りを跳躍し始めた。

ドン、ドン、ドンッと地面を蹴る音と共に前後左右にフェンリルが走り回る。

やっぱり見えな——え？　いや、嘘？　ちょっとだけ……見えてる？

少なくとも、跳躍で地面を蹴るために速度が落ちる一瞬だけは見えるようになってる。

目が慣れてきてるって事？

でも、普通の女の子の目で追えるような速度じゃないはず……フェンリルが動くだけで台風みたいな猛風が吹いてるし。

そうしてフェンリルが私の背後に回り、再度の爪撃を行おうとしたところで、私は振り向いて——

——右フック。

捉えたっ！　と、思ったタイミングだったけど、体が……遅いっ！

爪撃を喰らい、再度私は吹き飛ばされる。

「今のは完全に捉えたはず……」

って、なんで私は普通に反撃しているの？

しかも、捉えたはずだなんて……人すら殴ったこともないのに……っ！

「ふははっ！　やたらと固いが……速度はからっきしのようだのう？」

フェンリルの追撃に備えるために、立ち上がる。

立ち上がると同時、フェンリルの爪撃が私の顔面に繰り出され――

――仰《の》け反って私は爪を避けていた。

「なぬっ!?　避けた？」

「えっ!?　私、避けた？」

お互いにビックリした風に声をあげて、互いにバックステップで距離を取る。

「……のう、お主よ？」

「……何？」

「……何なのだ貴様は？」

そうして、私は素直な言葉でこう言った。

「いや、ちょっと……自分でも分かんないかな？」

言葉を受け、フェンリルはフハハと笑った。

「ふふ、なるほど、なるほど……これほどの強者……その年齢にして恐ろしき娘よ」

「まあ私が一番自分で自分が恐ろしいので……」

と、そのままフェンリルは「あくまでトボけるのであれば是非もなし。問答は無用だ」と飛び掛かってきた。

――やっぱり、かなりの部分見えない。

でも、さっきよりは大分見えるようになったし、爪撃も十回に五回避けられるようになってる。

あと、攻撃を受けても吹っ飛ばないようになってる。石の地面がメリこんで、足跡とかついちゃってるけどさ。

そうして私はフェンリルの爪撃に合わせて、カウンターを――

――ダメ、やっぱ遅い。当たらないっ！

今のは完全に見えてたのに、体が頭についてこない。頭の中で思い描いたイメージを実際の動きに変えるのが遅すぎるっ！

フェンリルは「これでも我はフェンリル族でも疾風と呼ばれた者だ！　そう簡単に見切れると思うてくれるなっ！」と、更に速度を上げた。

良くないわね。

こっちもノーダメージだけど、あっちもノーダメージ。

このままじゃラチがあかないわ。

と、そこで鼻先を指でこすって「アレ？」と私は思い至った。

何故か私は、反撃の際に知らないはずの打撃の動きを使っている。そして、思うように動かないのはその時だけだ。

鼻先をこすったりの動きは、普通にできる。

そして、フェンリルの動きは大分見えるようになってきた。少なくとも相手が攻撃に移る瞬間は捉えることはできる。

——だったら……と私はニヤリと笑った。

そうして、フェンリルが飛び掛かって来て、本日何度目か分からない爪撃を仕掛けてきた。

そして、私はその場で微動だにせず、攻撃を受ける。

否、両手でガッチリと受け止める。

武術なんかの動きじゃなく、ただ、頭上に両手をクロスさせて——受け止めた。

「これで、逃げられないよ？」

そのまま、両手のクロスを解除してフェンリルの前肢の爪をガッツリと握って、お姉ちゃんに繰り出したのと同じく——

——平手打ちっ！

「ぷぎっ！」

と、奇声を挙げながらフェンリルは私の平手打ちを受け、コロッセウムの壁まで吹き飛んでいき、やはりお姉ちゃんと同じくメリこんで——白目を剥《む》いて痙攣をしていたのだった。

私はゆっくりとフェンリルのところに向かい、そうして拳を振りかぶる。

そこで、フェンリルは微笑を浮かべて私にこう言った。

「トドメを刺すのか？」

「長年……生贄で人間を食べていた魔物を放っておく訳にはいかないよ」

フェンリルは「なるほど……」と頷きこう言った。

「……まあ、それもまた良しか。じゃが、汚名を背負ったままというのも気に食わんな。我が人間を食っていたという話……アレは嘘だ」

「命乞いなら、もう少しまともな言い訳を考えるんだね」

「いや、人間って……不味いって話じゃし」

「聞く耳は持たないよ。若い娘をたくさん食べたんでしょ？」

「いや、香水とか臭くて生娘なんて食えたもんじゃないし」

「香水が臭い？」

「いや、我って犬の百倍嗅覚いいしの」

「本当に？」

コクリとフェンリルは頷いた。

いや、でも……本当に？　香水が臭いってのは狼族特有の感覚だろうし、真実味はあるわね。

「それに、ジャラジャラ宝石つけてたりするじゃろ？　金属の飾りもたくさんあるじゃろ？」

「ええ、若い貴族はそうだろうね」

「ぶっちゃけ、そんなもん食べたらお腹痛くなるしの」

ひょっとして……と私は思う。

「本当に食べてないの？」

私の問いかけに、フェンリルは大きく頷いた。

「いや、だって我……そもそも飯食わないもん」

え、ちょっと待って。聞き捨てならない。

「本当にどういうことなの？　ご飯食べなくても大丈夫なの？」

「そもそもじゃぞ？　我はこのコロッセウムに封印されている魔物じゃぞ？」

「え？　何それ？　封印とか超初耳なんだけど」

「え？」

「え？」

「……」

「……」

お互いにお見合いすること数十秒、フェンリルは長い語りを始めた。

まあ、かいつまんで説明すると――

――フェンリルは凶暴な魔物と勘違いされて、人間の魔法師団にこの地に封印されたらしい。彼自身はどちらかというと無益な殺生は嫌うタイプとのこと。

「と、まあそういう理由じゃ。そもそもじゃな？　こんなところに閉じ込められれば飯は食えんよな？」

まあ、石で造られたコロッセウムで植物も動物も見当たらないね。

「いや、でもさ？　だからこそ生贄を求めてたんじゃないの？」

「我の巨体で月に一人の人間で足りると思うのか？」

「じゃあ、どうやって栄養をとっていたっていうのよ？」

そこでフェンリルは考え込み始めた。

「えーっと……光合成？」

何それ。本当に超聞き捨てならない。

――犬の魔物が光合成っ!?

見開いた私の視線を受け、フェンリルは「ゲフン」と咳ばらいを一つ。

「いや、分かりやすく言っただけじゃ。魔素的なモノを取り入れるだけじゃ。葉緑素やらは我はもっておらぬぞ。ともかく、我は人間は食わぬ」

ああ、安心したよ。

犬が光合成してたら世も末だもんね。

「いや、でも……じゃあ、五十年に一回訪れるっていう貴族の生娘はどうなったの？」

そこでフェンリルはフフフと笑った。

「このコロッセウムは古代の闘技場での。我が封印される前も既に誰も使用しておらんかったが、有名な盗賊王のアジトのレジャー施設じゃった」

「ふむふむ」

「故に、金銀財宝の類が地下に隠されておる」

「うん、それで？」

「それを生娘に分けてやり、遠くの国で暮らすように言ったら……全員ニコニコ笑顔で去って行ったぞ」

えっと……。

本当に聞き捨てならない事ばかり言う子だねこの犬は……。

「……いや、もしもそれが本当としてさ……どうしてそんなことを？」

そこでフェンリルは空を見上げ、遠い目をしてこう言った。

「可哀想じゃろ？」

「いや、可哀想って……」

「肉親から捨てられた小娘達ぞ？　我の前に差し出されたそんな哀れな娘を……我は放ってはおけぬ」

やっぱり聞き捨てならないじゃーん。

もう、犬からワンちゃんに格上げだよこの子は。

「じゃあ、どうして今まで生贄が運ばれる時に訂正しなかったの？」

「特に訂正する必要もなかったしの。それに……我は寂しがり屋じゃし」

「……寂しがり屋？」

するとフェンリルは恥ずかしそうに身をくねらせながらこう言った。

「だって……誰かと話せるの……こんな時だけじゃし」

無罪！

完全無罪っ！　絶対無罪っ！

くっそ、誰だよこのワンちゃんを封印した早とちりはっ！

さて、どうしようかと思っていると――

フェンリルは諦観の……けれど満ち足りた表情と共にこう言った。

「まあ、我も最後にお主のような強者に出会えてよかった。強者の手にかかり死ぬのであれば……フエンリル族の武人としては本望じゃ」

そうして、フェンリルは大きく大きく息を吸い込みこう言った。

「……さあ、我を殺せ」

ダメ！


――私……この子殺せないっ！


「殺さないのか……？」

「うん、それは一旦保留。他にも聞きたいことあるんだけどさ」

「聞きたいこととは？」

「えーっと、月に一度一人送られてきたという犯罪者は？」

そこでフェンリルは鋭い視線を作った。

「そっちは捕まえておる。あれらは極悪非道の犯罪者じゃ、たまにやってくる友人の人食い鬼への土産にしておるぞ」

まあ、妥当ってところだろうね。

盗賊団とかで何人も人を殺している連中だったって話だし、逃がしちゃったらそっちの方が問題だよ。

「よし、私は決めたわ」

「ふむ、何を決めたというのじゃ？」

「私、貴方は殺さない」

と、そうして私は踵《きびす》を返してその場を立ち去ろうとして――

「待て」

「まだ何かあるの？」

「我は待っていたのじゃ」

「待っていた？」

「うむ、汝のような絶対的強者じゃ」

強者？

あ、でも……分かる。うん、分かる。

よし、どうやら記憶の混乱は収まってるみたいだね。

私、昔は相当な強者だったみたいなんだね、イマイチ記憶は戻ってないんだけど……そこは覚えてる。

私は聖者と武神の孫娘で、二人に山奥で育てられたんだった。

……ってか、それくらいしか思い出せない。

まあ、記憶が戻ってすぐなので、後々色んなことを思い出していくだろう。

「ところで、貴方はどうして強者を待っていたの？」

「我を外に連れ出すのは強者しかおらん」

封印の解除ってことかな？

まあ、そりゃそうか。

封印といえば、普通は解除もできるよね。

で、フェンリルの力では解除できないからこそ封印である……と。

強力な魔法を使えたことは覚えてるんだけど、その辺りの記憶は今の所完全に飛んじゃってるしね。

「でも封印解除の方法なんて分かんないよ？」

「いや、我を……ペットにしてもらえればいいだけじゃ」

と、そこで私は「はてな？」と小首を傾げたのだった。

「え、ちょっと待ってどういうこと？」

「強力な魔物は貴重でな、また、我等フェンリル族は犬や狼型だけあって、頭もいいし人とも意思疎通ができる。いつか英雄が現れ、封印されし我を従魔として連れ出すことが想定されていたのじゃ」

「従魔？」

「飼い犬と考えればいい。そうしてここの封印は魔獣フェンリルには有効じゃが、従魔フェンリルには有効ではないのじゃ。我を倒した直後であれば、従魔契約は容易《たやす》くできる……っていうか、我が契約できるぞ」

ふむふむ。

ってなってくると、凶暴な魔物として勘違いされて封印されたってのはちょっとキナ臭いね。

簡単に連れ出せるのも変だし、そもそもこのワンちゃんはめっちゃいい子だ。

ひょっとすると……いつか頃合いを見て、人間の都合のいい駒として戦力にされる予定だったのかもしれないね。

それでいつの間にかワンちゃんのことは忘れ去られて、その封印だけが残ってしまった……と。

そう考えると、なんだかこの子……不憫《ふびん》だね。

「いい加減にの……この狭い場所もつらいのじゃ」

つぶらな瞳がウルウルしちゃってるね。

ちょっとだけ胸がキュンってしてしまうのは生き物のサガだろうか。

「まあ、貴方が外に出る分には協力してあげるけどさ」

「本当かっ⁉」

私の言葉で尻尾をゆっさゆっさと揺らしている。

うんうん、嬉しいみたいだね。

私としてもこんないいワンちゃんを閉じ込めておくのは忍びないしね。

「それでは、従魔として我はお主についていこう」

「え？　それはちょっと……困るかな？」

「何故じゃ？　ペットみたいなもんじゃぞ？」

いや、ペットって言われてもさ……。

「えーっと……ペットにするには大きいかな？」

うん、物理的に大きい。

あと、私はこれから家を出てしばらく旅をすることになると思うから、こんな巨大な犬がいたら目立って仕方ない。

「と、ともかくさ？　外には出してあげるつもりだからさ。従魔契約をして、外に出て……あとは貴方は好きに生きればいいんじゃない？」

「それはならんっ！」

あ、なんか急に怒った感じで大きい声だしたよこの子。

「いや、ならんってどうしてよ？」

「受けた恩は返さんとならんのじゃっ！」

うっわー……。

本当にいい子だわこの子。

「でも、ダメなもんは駄目です！」

「後生じゃからっ！」

「とにかく、無理です」

するると、ワンちゃんはシュンとしちゃって……恨めしい視線を私に送ってきた。

「それにの？　我がこう言っているのにも恩を受けた以外にも理由はあるのじゃ」

「ん？　理由って何？」

「我……こんなにたくさん人と話したの久しぶりじゃから、お主のことを気にいったんじゃよ。我は寂しがり屋なんじゃぞ？」

頬を染めて、ワンちゃんはモジモジしながらそう言った。

はァ……と私は溜息をついた。

どうにも体は大きいのに……面倒な性格の魔獣みたいだね。

「ともかく、ダメなもんは駄目です。お友達なら他で探してください」

と、そこでワンちゃんはポンと掌を叩いた。

「じゃあ、これならどうじゃ？」

再度、白い煙に包まれてワンちゃんは――

「子犬……？」

「これならどうだワン？」

下手すれば掌に乗りそうなくらいの小さな犬だった。

頭か肩なら絶対に乗るね、そういうミニマムサイズだね。

全身モフモフで、背中を触ってみるとツヤッツヤのモッフモフだった。

背中を触られて気持ちいいのか、耳が小刻みに動いて……。

——オマケに尻尾もふーりふり。

か……可愛い。

とっても可愛い、これはいかんぞ……けしからんぞ……っ！

そう思ったところで私は——


「採用」


と、勝手に口から言葉が出てしまっていた。

そして、私の言葉でワンちゃんは尻尾をこれでもかとばかりに振り始めた。

「それでは従魔契約をするワンっ！」

あー、絶対チョロイ奴って思われたよ……。

でも、可愛いものは仕方ないよね？

と、そんなこんなで私は思わずワンちゃんの首の辺りに手を伸ばした。

首筋をグリグリワシワシとやると、リラックスした風にその場でお座りの姿勢をとって、すぐさまに地面に這いつくばって丸くなった。

うふふ、可愛いなー。

「あ、それじゃあ名前を決めなきゃいけないね」

「名前かワン？」

「希望とかあったりする？」

「んー。特にないワン」

一番困る感じだねぇ……。

希望が無いってのが本当に困るんだよ。どうしていいか分かんないし。

さて、どうすんべと思っていると、自然にこんな言葉が出てきた。

「じゃあ、フー君ってのは？」

私の問いかけに、ワンちゃんは猛烈な速度で尻尾をゆっさゆっさと揺らし始めた。

うん、気に入ってくれたみたいだね。フェンリルのフー君ってのは芸がない気がするけど、シンプルイズベストだろう。

と、そこで――

コロッセウムの特別席から、お父さんが出てきた。

「マリサ……お前は何という……フェンリルを手なずけてしまうとは……」

そこで私は絶句してしまった。

と、いうのも――

――完全に忘れてた。

そういえばお姉ちゃんと一緒に、特等席から観戦する気マンマンだったんだよねこの人。

「ねえフー君？　そういえば生贄が連れてこられた時、連れてきた連中はどうしてたの？」

「『食事の光景を見せる趣味はもっておらぬ。我の不興を買いたいのか？　早々に立ちされいっ！』とか……まあ、そんな感じだワンっ！」

フー君じゃなくてフェンリルさんのセリフ部分だけ、声色も以前と同じだから違和感半端ないね。

今は甲高い声なんだけど、声帯も自在に使い分けできるんだろうか。

まあ、姿を変えられるんだったら、そんなことは簡単だろうけどさ。

「マリサっ！　まさかお前が『覚醒者』だとは思いもしなかったぞっ！　ふははっ！　これは男爵家にもツキが回ってきたようだっ！」

お？

どうやら、私以外にも似たようなのっているみたいだね。

まあ、私だけっていうのも変な話だろうし、そりゃそうか。

「しかし、本当にツイているっ！　覚醒者の力は当たり外れもあるということだが、おしなべて全員が強力ということは間違いない。隣の領地の開祖も非常に強力な覚醒者で、その武を使い一代で公爵まで成り上がった。もしもマリサが当たりの部類であれば……我が男爵家の立場は劇的に変わるぞっ！　外れにしてもそれなり以上に強力……っ！　賞金稼ぎでも魔物ハンターでも……とにかく金になるっ！」

そうして何やら盛り上がったお父さんは私の肩を掴んできた。

「さあマリサっ！　家に一緒に帰ろうっ！」

で、お父さんの満面の黒い笑顔を受けて、私もまた満面の笑みで返して——

「そおおおおおおいっ！」

平手打ち。

ドギャスラパションと冗談みたいな音を立てて、お父さんは吹っ飛んでいく。

「十四年間育ててくれてありがとうございましたっ！」

で——

やっぱり、お父さんはお姉ちゃんと同じく二十メートルほど吹っ飛んでいき、コロッセウムの壁にめり込んで、ピクピクと痙攣していたのだった。

chapter 1

# マリサとモフモフと暗黒邪龍

そして一晩野営して、翌日。

さて、フー君とコロッセウムを後にした訳なんだけど……私達はひたすらに森の中を歩いていた。

「冒険者で生計を立てる？」

「うむ、お主も家出をした以上、金を稼がねばならん」

あー、確かにそりゃあそうだ。

今まで、ご飯も欲しいものも全部家族が用意してくれたからなー。

フー君の言う通り、お金を稼げないと生きていけないのは当たり前の話だよね。

「ところでフー君？　ワンワン言葉は？」

「ああ、あれな、あれは演技じゃ」

「演技？」

「ああ言ったらお主はオッケーするかなーって思っての。お主は可愛いものとか好きそうじゃし」

くっそ、フー君って策士だね。

まさかあの短期間で性格を読み切るだなんて……この私の目をもってしても読めなかったわ。

「でも、冒険者って戦う系だよね？　そんなの私には無理だよ」

「しかしマリサ？　お主は我に勝利した女ぞ？」

「そんなこと言われたってあの時は必死だったたし。何であんな力が出たかよく分かんないし……命のやりとりとか無理だし」

「そうは言っても、我もお主のペットとしてじゃな……ちゃんとした生活基盤を作ってもらわんと困るのじゃ。飯も食えんしの」

「え？　フー君はご飯いらないんじゃないの？」

「食わんでも大丈夫というだけで、あれば食うぞ？　どちらかというと我ってばグルメじゃし」

と、その時、周囲から私に向けられる無数の視線に気づいた。

「あ、あ、あ、あわ、あわわ……」

「どうしたのじゃマリサ？」

「ご、ご、ご、ゴブリンさんがたくさんいるよ！」

森の一本道。

前を見ても、後ろを見ても、両サイドの樹木の中ではゴブリンさん達の目がキラリと光っている。

「マリサよっ！　これが冒険者としての最初の試練――魔物の群れを蹴散らすのじゃっ！」

「えーっ!?　フー君がやっちゃってよっ！　無理！　無理！　私には無理っ！　冒険者とか無理

っ！」

「ならん！　一人でやるのじゃっ！」

「でも、でも、私……戦えないよーっ！」

「しかしマリサ？　生活基盤を整えんと馬小屋生活じゃぞ？　我も馬小屋に住むとか嫌じゃ」

「え？　馬小屋に住む？　えー……じゃあ、お菓子とかは？」

「お菓子など食べられる訳もあるまい」

「それは困ったなぁ。甘いものが無い人生なんて、そんなの人生じゃないよ」

と、そこでフー君の目がキラリと光った。

「のうマリサ？　あのゴブリンは、冒険者ギルドに行けばそれなりの値段で買い取ってくれるのじゃ」

「ふむふむ」

「そこらにおるゴブリンをケーキと考えればよい。どうじゃ？　あれらをケーキと見立ててみるのじゃっ！」

で、私はしばしゴブリンさんを眺めて――うん、何だか本当にケーキに見えてきた！

「そしてお主はゴブリンよりかは間違いなく強い！」

まあフー君に勝ったしね。

ゴブリンって言ったら弱い魔物の代名詞みたいなもんだし、腕試しには丁度いいかもしんない。

ふふ、それにケーキに見えてきたってのが大きいね。怖さが全然なくなったよっ！

ってことで――と私は大きく息を吸い込んだ。

「なる！　私、冒険者になるっ！　ケーキ食べる！」

「うむ、やはり思った通りにマリサはチョロイのっ！　欲望に素直でよろしいっ！」

「えへへーやった！　褒められちゃった！」

フー君喜んでるし、素直って言われたのは嬉しいね。と、そこで私は「はっ」と気づいて――

「いや、チョロくないからね？」

と、そこでゴブリンさんが私に躍りかかってきた。

うん、止まって見える……というか本当に時間停止しているみたいな感じ。

周囲の時間が異常にスローになって、私だけが普通に動けているような……。

いや、違うね。これは私の知覚と認識が加速してるんだ。それも恐らくは、前世さんの力によるものだろう。

「てりゃあ――――っ！」

アッパーカット。

スコーンと気持ちいい音が鳴って、キランっとゴブリンさんが空高く打ち上げられていく。

うん、フー君のレベルならいざしらず、雑魚モンスター相手だと体と心の同調云々以前の問題でゴリ押しでいけそうだね。

「いけるっ！」

今度はゴブリンさんが大量に飛び掛かって来て、私は無我夢中でアッパーカット気味にグルグルパンチ。

スコココココーンっと気持ちいい音が鳴って、物凄い勢いでゴブリンさん達が打ち上げられていく。

そうしてその場のゴブリンさんの全てをやっつけて、私は小さく頷いた。

「よし！　何とかなりそうだね！　冒険者もケーキも……何とかなりそうっ！」

と、そこで私は、とある事実に気づいて衝撃のあまりに息を呑んだ。

私は普通に生きて、普通の幸せが欲しい訳だから、将来的にはやっぱり私も結婚とかする訳で。

で、結婚式の新婦紹介とかで――

――新婦はゴブリンをアッパーカットで天高く打ち上げるほどに健やかに育ちました。

うん、絶対ヤダ。ありえない。何その筋肉キャラ。

そうして私はその場で膝をついて、未だに空から落ちてこないゴブリンさん達を思って戦慄《せんりつ》した。

――っていうか何なのよこの力。ちょっとありえなくない？　いや、便利は便利なんだけど……乙女的にね？

「どうしたのじゃマリサ？　この世の終わりのような顔をして？」

「さっき打ち上げたゴブリンさん達、まだ落ちてこないんだけど？」

「ん？　真上に打ち上げた訳ではないぞ？　結構飛んでいく角度がついておったから……そこらに飛んでいったのじゃないのか？」

「ああ、そうか。アッパーカットって真上とは限らないんだね！」

で、フー君は「ひょっとして……」という顔を作った。

「どったのフー君？」

「しかしマリサは常識がないようじゃな。アッパーカットは真上のみとか、生活基盤が無いとどのような生活になるかも知らなかったし……」

「まあ、箱入り娘で育ってきたからねー。おっとり系とかマイペースとか言われてたし。嘘とかも簡単に信じるって笑われたしね」

「嘘を信じる？　ふーむ……我の主人としてはそれはちと困るかのう？　よし、ならばテストをしてやろう」

「テスト？」

「常識テストじゃ」

「ふむふむ」

「そうじゃな……とりあえず……おお、これで行こうか。栄養学の常識じゃ。マリサは今朝、異常に牛乳を欲しがっておったがその理由は？」

「恥ずかしいから言いたくないんだけど……」

モジモジと赤面しながら私は言った。

「胸がおっきくなるって……」

私ってばまっ平らなんだよね。年頃のレディーとしてはそれはやっぱり気になる訳で。

いや、でもアレだよ？　今はまだまっ平らってだけで、成長の余地はあるんだよ？

そこでフー君は「やれやれ」とばかりにため息をついた。

「それ、嘘じゃぞ。迷信じゃぞ」

「えっ!?　嘘なのっ!?」

「うむ。かつて、地球という場所からの転生者が伝えた話じゃな」

「へー。私の他にも転生者っていうのがいるんだね」

「お主は覚醒者……現地転生者といわれておるの。まあ、似たようなものじゃ」

「ふむふむ」

「ちなみにクリスマスの風習も地球からの転生者が広めたものじゃぞ。他にも色々と地球からの転生者が広めた風習はあるが、それが一番有名じゃの」

「へー。そうなんだー」

「まあ、素敵な嘘という奴じゃな。子供達に夢を見させるという意味ではいい風習だと思うぞ」

と、そこで私は違和感に気付いた。

うーん……何だろうこの違和感。

嘘……？

多分、私は嘘っていう言葉にとんでもない違和感を感じている。

いや、クリスマスの何が嘘なんだろう？　子供達に夢？　それが嘘？

うーん……うーん……うーん……。

そうして、とある事実に気付いた私は、衝撃のあまりに大声で叫んでしまった。


「え!?　サンタさんいないのっ!?」


「むしろいると思っておったのかっ!?」

「じゃあ誰が枕元にプレゼントを!?」

「いや、家族じゃろっ!?　ってかお主十四歳じゃろっ!?　おかしいって気づくじゃろっ!?」

「えええええっ!?」

驚きのあまりに私はその場で頭を抱えてしまった。

「サンタさんがいなかっただなんて……」

いい子にしていないとサンタさんが来ないと脅されていた私にとって、これは衝撃的過ぎる事実だよ。

「じゃあナマハゲは!?　ナマハゲはっ!?　夜九時までに寝ないとやってくるというナマハゲはっ!?」

「ナマハゲなどおらんっ！」

「えええええっ!?　私ってばいい子にしないとヤバいと思って七時半には寝てたんだけどーっ！」

「寝るの早すぎじゃろっ!?」

うそー、ヤバいじゃーん。私……絶対世間知らずじゃーん！

と、私はガックリとうなだれて、現状……頭の中お花畑状態という事実に驚愕してしまった。

——と、まあそんなこんなで……私達は森を彷徨《さまよ》い歩き、三日の時間が流れた

◆

森の中の原っぱ。丁度いい大岩があったので、私はフー君に言われるがままに修練に勤しんでいた。

「九百九十七、九百九十八、九百九十九、千！」

ちなみに今、私は男爵家の屋敷よりも大きいサイズの大岩を背負って腕立て伏せを終えた状況だ。

フー君曰く、前世さんの力を明らかに使いこなせていないってことなので、心と体を同調させる訓練の一環ってところだね。

「これぞエアーズロック式腕立て伏せじゃ」

私はどっこいしょと大岩を下ろしてフー君に尋ねる。

「エアーズロック？」

「神話の時代の転生者がこのような修行をしておってな。そやつはそう呼んでいた。奴は確か……おーすとらりあとかいう異世界からきたらしいの」

「前にも言ってた、ちきゅうってところからの転生者さんの話だね！」

「うむ。奴らが残した文化はこの地に様々な技術革新と風習を残したのじゃ」

クリスマスや七夕もそうだって話だしね。まさか彦星さんと織姫さんまでもがいないとは思わなかったけど。

「でもフー君？　この大岩ってちょっとした山みたいな大きさあるよね？　私ってばめちゃくちゃ強いんじゃないの？」

「めちゃくちゃということはない。三千年前……神魔大戦の神代の時代ではコレくらいできる者はちょこちょこおったぞ？」

「え？　マジで？　ちなみにフー君と私の強さってどんくらいなの？」

「我はちょっと強いくらいじゃな。その我よりも強いのじゃから、マリサはそこそこ強い。そして前世の力を完全に引き出すことができれば恐らく……」

「恐らく？」

「かなり強い」

「なるほど」

あー。でもなー。

フー君って何か基準が変っぽいんだよなー。

この腕立て伏せも明らかに常軌を逸している感じがするしね……。

——フェンリルさんの言う通りバブ。その程度で慢心しては強者に足をすくわれてしまうバブよ。

「あ、前世さんこんにちは！　えー。ってことはフー君の言うとおりってことなの？」

「ほう、前世殿は博識のようじゃの」

満足げにフー君は頷いた。

いや、でも……この二人の言う事を真に受けたら、何だかとんでもないことになりそうな気がする。

うーん、どうしようかな。

よし、いい事考えた。

こんな感じで質問してみたら、二人の基準がおかしいかどうかが分かるかもしれないよね。

「ところでフー君の基準では、ドラゴンってどれくらいの強さなの？」

「ドラゴン？　神とかカイザーとかついてなかったら弱い部類の魔物じゃな」

——私もフェンリルさんと同意見バブ。

よし、完全に分かった。

フー君とか前世さんは自分が強すぎて基準がおかしくなっている系だね。

これはもう間違いないよ。いくら私でもそれくらいは分かるもんね。

「いやいやフー君。ドラゴンっていったら強い魔物の代名詞だよ」

「何を阿呆なことを言うておる。ドラゴンなぞ……そこらにおるものじゃ」

「いやいやいやいや、そこらにいないからドラゴンだよ？」

と、そこでフー君はクンクンと鼻を鳴らして――遠くの空に浮かぶ影を眺めてこう言った。

「ほれ、あそこにおるぞ？」


「い、い、いたあああっ！　本当にいたあああっ！」


うん、本当にいたんだ。目測二キロくらい先の空に、ドラゴンさんがいたんだよ。これにはさすがにビックリだね。

そうして、ドラゴンさんは私の叫び声でこちらに気付いたのか、猛速度でスライダー式に滑空突進してきた。


「来てる来てる！　こっち来てるよフー君っ！」

「体を慣らす練習相手には丁度いいではないか」

「カッカ」とフー君は笑って、私は半泣きになる。

いや、ドラゴンさんっていえば強い魔物の代名詞だもんね。練習相手とか言われても正直困る。

そりゃあゴブリンさんくらいならどうとでもなるけど、相手ドラゴンさんだよ？

だってドラゴンさんだよ？　ドラのゴンだよ？

ビビった私は原っぱから森の中に逃げ込んで、樹木の陰に隠れたんだけど、そんなことではドラゴンさんの目はごまかせなかった。

で、ドラゴンさんは私の目の前まで飛んできて――

「これほどの力の気配――黒龍の擬態でしょうか？」

あ、どうにも喋《しゃべ》れる系みたいだね。

まあ、ドラゴンさんっていったら凄い系の魔物だしね。知能があってもおかしくはないか。

「黒龍？　何のことですか？」

「問答無用っ！　この邪龍めっ！」

で、ドラゴンさんは巨大な尻尾で、私に向かって薙《な》ぎ払い攻撃をしかけてきた。

「きゃああっ！」

そうして私はドラゴンさんの攻撃を両手でガードして、動きが止まったところで逆に尻尾の先をガッチリと掴んだ。

「ドラゴンさん！　やめてください！　暴力、暴力反対っ！」

私はドラゴンさんの尻尾を掴んだままでグルグルとその場で回転する。

それはもうグルグルグルグルと、竜巻みたいに回転する。

「ドラゴンさん！　私は黒龍なんて知りません！　私は、私は……か弱い乙女！　ただの子供なんですっ！」

グルグルグルーとその場を回り、バキバキバキーっとドラゴンさんに当たった樹木が根こそぎ倒れていく。

「ドラゴンさんみたいな強力な魔物に攻撃されると、私なんて一瞬で殺されちゃいます！」

尻尾を掴んで、びったんびったんと何度も振り上げては地面に叩きつける。

それはもう、びったんびったんと何度も何度も振り上げては叩きつける。


「暴力反対！　暴力反対！」


そうして私はそのままドラゴンを上空に放り投げて、ドラゴンさんは「ギャアアアアア！」と絶叫した。

そして、ドラゴンさんの絶叫を受けて、これまた私も大声で叫んだ。

「――アレっ!?　本当にドラゴンさんって弱い？」

「うむ。ドラゴンは弱い。あと、修行の成果が出ておるのもあるな。筋力については既に前世の力の半分程度を使いこなしておるじゃろう」

「これで半分!?」

いや、前世さんヤバすぎでしょ。

っていうか、へー、そうなんだー。

フー君の言う通りにドラゴンさんって弱いんだー。

やっぱり私ってば世間知らずだったみたいだね――

――って、そんな訳あるかーい！

うん、決めた。

フー君と前世さんについては話半分に聞くこととしよう。

結局のところ、ドラゴンさんがどれほど強いかは分からないけど、まあ弱いということはないだろう。


と、空高く飛んでいったドラゴンさんを見て――そこで私にふと……とある光景が脳裏に浮かんだ。

それはゴブリンさんの時にも思ったことなんだけど……。

私は普通に生きて、普通の幸せが欲しい訳だから、将来的にはやっぱり私も結婚とかする訳で。

で、結婚式の新婦紹介とかで――


――新婦はドラゴンを素手でボコボコにするほどに健やかに育ちました。


うん、絶対ヤダ。ありえない。

かといって、冒険者として生きる道を選んだ以上、この世を生きるには力も必要だ。

でも筋肉は極力避ける方向でいきたいなぁ……とほほん。

しかし、これはやっぱりヘヴィな悩みだね。胸が小さいことに匹敵するほどの人生の悩みだよ。

人生のヘヴィイシュー両巨頭と言ってもいいレベルだよ。

ううう、フェンリルさんお悩み相談室にでも人生相談しようかな……いや、ダメだ。この子もちょっと色々常識おかしいし。

私も常識ないし、ダブルで世間知らずだ。いや、ダブルでダメダメだ。ダメダメ飼い主と、ダメダメペットだ。

はてさて、しかし……うーん、例えばせめて魔法とかでサクっとできないもんかな？　そうすればまだ女の子らしいんだけどなー。

——使えるバブよ？

おお！　前世さん！

え？　でもでも、本当に私ってば魔法が使えるの？

——うーん……すぐに使えるようにするならレベル10級の精霊魔法バブかね。あと、サービスで龍言語魔法レベル5もつけておくバブ。

「ねえフー君？　レベル10級の精霊魔法ってどれくらいのもんなの？　あと、龍言語魔法って？」

「普通の範疇《はんちゅう》の技じゃな。強いのは強いが真の強者が扱う魔法ではない。龍言語魔法は……聞いたことないの」

龍言語魔法は一旦保留。

まあ、精霊魔法レベル10……即席でそれを使えるようにしてくれるってんだから凄いよね。

よしよし、これで今後は魔法メインで行くという方向性も見えてきたよ。

少なくとも筋肉系少女のルートだけは避けたいから、これは本当にありがたい。

っていうか、これで筋肉少女ではなく、魔法少女ってなもんよ。

って、魔法少女？

魔法……少女？

……うん、魔法少女って響きいいよねっ！　気に入ったよっ！

と、そこでドラゴンさんが……はるか上空から私に向かって落下速度を利用して突撃してきた。

よし、ここだっ！　私はドラゴンさんに向けて掌を掲げて――

「精霊魔法レベル10：極炎球《フェニックスアタック》っ！」

私の掌から巨大な炎の不死鳥が飛んでいき、そして物凄い角度でカーブして真横の方向に飛んでいった。

ん？　不死鳥？

なんか凄い技っぽいけど、これで普通なのかな？　いや、でも、やっぱフー君は信用ならんしなー。

ってか、コントロールが全然できてないんですけど、どういうことなのこれ？

だって、不死鳥は明後日の方向に飛んでいって、地面に沿って水平方向に――見事にすっぽ抜けたんだからね。

――精神と肉体が一致していないのが影響しているバブね。数日練習すればすぐ慣れるバブが、今すぐには無理バブ。

解説ありがとう！　前世さんっ！

まあ、フー君と出会ってからほとんど時間も経ってないし、そこは仕方ないいんだろう。

で、仕方ないので私はドラゴンさんの落下攻撃を避けて、大きく左拳を振りかぶった。

「そりゃっ！」

全力の左フックをドラゴンさんのお腹に向けて繰り出した。

「……く……かはっ！」

で、ドラゴンさんはその場に倒れこんで気絶したのだった。

◆

そして十分後。

気絶から回復したドラゴンさんの話によると――

「最近、悪のドラゴンが私の縄張りに入り込んだのです。ドラゴン族は擬態ができますので、てっきりマリサさん達が悪のドラゴンかと……」

ちなみに今、ドラゴンさんは七歳くらいの滅茶苦茶可愛い女の子に擬態している。

何でかっていうと、見た目怖いからやめてって私がお願いしたんだよね。

そんでもって、可愛いものには目が無い私は……ドラゴン幼女を見てニヤニヤが止まらない。

それはもう本当にニヤニヤで、ダメダメお姉ちゃんみたいな感じになっているだろう。

まあ、可愛いものが好きな、この悪癖のせいでフー君にくっついてこられたんだけどさ。

「悪のドラゴン？」

「ええ、ブラックドラゴンといいます。私との縄張り争いだけでなく、人間を襲ったりしますので……放ってはおけません」

「うん、それは放ってはおけないね」

「私も発見次第に決闘を申し込みますが……マリサさんを実力者と見込んでお願いします。もしも悪のドラゴンを見かけたら退治をお願いします」

あ、やっぱ私は実力者なんだね。まあ、どこまで強いかは分かんないけどさ。

そうして私はニッコリと頷いてドラゴンさんにこう伝えた。

「よし、それについては私達の目標の一つにするね！」

「ありがとうございます。ああ、それと……見るからに訳ありの旅という感じですね？　見たところ食料等をお持ちでないようですが？」

「うん、まあ色々あってね。森の果物でごまかしてたけど、恥ずかしながらお腹もペコペコなんだよー」

「それでは少々お待ちください。突然に襲い掛かった非礼もありますので……」

と、そんなこんなで私達は当面の食料をドラゴンさんに貰い、冒険者ギルドのある街へと向かうこの旅に……ブラックドラゴンの討伐という一つの目標ができたのだった。

◆

――同日、同時刻。

## サイド　Bランク冒険者　赤髪のアイリーン

――単独での龍殺し。

それはAランク冒険者以上の領域にのみ許される、人間をやめたとされる一つのライン。

かつて、若かりし頃――アタイの爺ちゃんはその偉業を達成し、長じて剣聖と呼ばれたんだ。

爺ちゃんは、アタイの憧れであり、目標であり、冒険者としての生きざまを教えてくれた師でもある。

三歳の頃から剣に打ち込み二十年。アタイも二十三歳になった。

街の道場では神童と呼ばれ、周囲のその期待に背かぬように毎日毎日剣を振った。

アタイは異例の速度で冒険者ギルドのランクを上げて、十七歳でBランク達成というギルド支部の記録を作った。

そして今日、アタイは若かりし日の——二十三歳の爺ちゃんと並ぶことになる。

——つまりは龍殺しの偉業。

これを達成すればアタイはAランク冒険者として認められることになる。

そうなんだ。これは、Sランクを超えた……冒険王と呼ばれる爺ちゃんの背中を追いかけるという、そんなアタイの人生の一つの区切りの儀式なんだ。

そしてアタイは、最近この辺りに住み着いたとギルドで噂になっている——邪龍・ブラックドラゴンの住処に向かったのだった。


「これが……ブラックドラゴン？」

大森林の奥深く、ドラゴンが住まう岩場でアタイはただただ絶句していた。

漆黒の体躯が誇るは圧倒的な質量。

その鋼の如き体表は特殊金属以外の剣を受け付けず、生半可な魔法ならば弾き返してしまうという。

これは、数多の冒険者を飲み込み、食物連鎖の頂点に座する圧倒的な怪物。

そして、アタイは今……ドラゴンの爪を受け、ブレスを受け、傷だらけで片膝をついていた。

アタイの攻撃は、最初の一撃でドラゴンの胴にかすり傷を一つつけたに過ぎない。

そこから先の展開は一方的だった。

——甘かった。

神童と呼ばれて慢心した？

最速でBランクに上がり、自惚れた？

あるいは、爺ちゃんにできて自分にはできないはずはないと……思いあがっていたのかね。

いや、その全てか。

そして、その結果が戦闘不能のこのザマさ。

と、そこでドラゴンはアタイの前に立ち、大口を開いた。

口内にびっしりと見える大小の牙は、剣を……いや、槍や戦斧を思わせるほどに一つ一つがデカい。

対するアタイは既に行動不能。

抗う剣も折れ、戦う力も持たない。

——これで終わりか。

と、覚悟したその時、森の奥から炎の不死鳥が飛んできたんだ。

「精霊魔法レベル10……極炎球《フェニックスアタック》？」

そしてアタイの呟きの直後――

「ガギャっ!?」

不死鳥が直撃し、ドラゴンは一瞬でその場に倒れたのだった。

chapter 2

# マリサとモフモフとスケルトンエンペラー

で、体を鍛えながら森を更に彷徨《さまよ》い続ける私達。

昼下がりの陽気の下で、フー君がこう問いかけてきた。

「しかしマリサ？」

「どったの？　フー君？」

「先ほど倒したドラゴンじゃが、上手くすれば旅のお供にできたのではないか？」

「私は簡単に浮気しないよー。だって、私はついてくる子は厳選するんだもんね。なんせ私は身持ちの固い女なんだから」

「ほう、身持ちが固いとな？」

「そう、私は足軽女じゃないもん」

「足軽？」

「うん、私は一途に突撃する派だからね」

「まあ突撃はしそうじゃな」

「遠い遠い将来的に私も男の人とそういうことになったりするかもだけど、一人の男の人以外には目もくれない予定だもんね」

「ふむ。忠誠心の話をしているのかの？」

「つまり、私は足軽女じゃないってこと」

「のうマリサ？」

「ん？　何？」


「それを言うなら足軽ではなく尻軽では？」

しばらく私は考えて、考えに考えて――


「……ガビーン」

恥ずかしくなって、思わず口からそんな言葉が出てしまった。

「ガビーンって……言葉に出して言う人間、我は初めて見たぞ」

いや、これって口癖なんだけどな。

確かに私以外に言ってる人を見たことないけど。

「ともかく、今の私の相棒はフー君だけだよ。簡単には従魔を増やしたりしないよ！」

「……」

「ん？　どうしたの？」

「……嬉しいことを言ってくれおる」

うん！

ふっさふっさと嬉しそうに尻尾を揺らすフー君がとってもかわいいね！

「フー君はいい子だねっ！」

そうして私はギューっとフー君を抱きしめたのだった。

「や、止めんか！　くっつくでないっ！」

「ふふ、照れちゃってー」

「照れておらん。我は魔獣王……フェンリルじゃ。ぎゅーってされても困るのじゃ！」

「えー、じゃあ、これからもう二度とぎゅーってしちゃダメなんだね……悲しいなぁ……」

暗い表情を作ってそう言うと、フー君は尻尾をヘナっとさせた。

「そこまでは言うておらん。ここぞという時はやってもいいぞ」

「じゃあ今……ぎゅーってする？」

私の言葉を受けて、フー君はしばらく何かを考えて、そうして私から目を背けて小声で——

「…………するのじゃ」

「フー君チョロ可愛いっ！」

「マリサには言われたくないのじゃーっ！　こっ、このっ、この……足軽女！」

「ガビーン」

っていうか、馬鹿なことをやっているとお腹が空いたなあ。

そろそろ食料も尽きそうだから、どうしよっかって話はしてたんだよね。

と、そこで私の鼻先を美味しそうな香りがくすぐった。

「これは……シチューの香り？」

◆

「はは、アタイも二十年以上人間やってるが、食いものの匂いにつられてやってくる奴なんて初めてみたよ」

と、言ったのは冒険者……剣士のアイリーンさんという人だった。

年齢は私より年上で二十三歳。細身で胸も控えめだけど、修羅場を越えてきたーって感じがして、気さくで頼れるお姉さんって感じの人だね。

ちなみに彼女は今、冒険者ギルドの依頼でパーティー総数三人で絶賛冒険途中ということらしい。

「しかもアイリーン？　これはとんでもない大食らいなお嬢さんみたいですよ」

と、言ったのは二十代後半の魔術師のお姉様。

こちらも只者ではない雰囲気をまとわせている。あと、胸の大きさも只者ではない。

っていうか、一番の年長者なのに丁寧な言葉遣いだし、すっごいちゃんとした感じがする人だね。

「ああ、確かにこいつはシチューを空にしちまったね。っていうか結構な量があったよね？」

「……腐りそうな食材をとにかく放り込みましたから、五人前はありましたよね」

えっ！　五人前っ⁉

確かに家では「食べ過ぎ」と言われていたけど、私の食事量ってそんなレベルだったのっ⁉

「まあいいさ、よほど腹が減ってたんだろう。魔物の出る森で彷徨ってたんだからな……食材も美味しく食べられて本望だろうさ」

「ええ、そういうことです。むしろ満腹にしてあげられなくて申し訳ありませんね」

苦笑する二人を見て、冒険者に対するイメージが変わった。

お嬢様育ちの私からすると、どうにも粗暴で野蛮なイメージがあったんだけど、すっごい優しい人達じゃん。

と、それはさておき、そんなに食べちゃったのかぁ……。

これは何かお礼をしないといけないよね。

「あの、皆さんは冒険者さんなんですよね？」

「ああ、そうだけど？」

「私に何かできることはありませんか？　荷物運びでもなんでもやりますので」

そうして二人は肩をすくめて笑った。

「マリサの細腕じゃあ、荷物なんて持てないさ」

「ええ、そうですよ。安全な街道までは責任をもって送りますので……あなたの仕事はそこから無事に家に帰ることです」

何この人達！

いい人すぎるじゃんっ！

でも、そうなっちゃうと余計に何か役に立ちたくなってくるよねー。

「あ、アイテムボックスがあるので持てますよ？」

どうにも、アイテムボックスとかいう便利スキルが私には標準装備されていたらしい。

フー君曰く、私の魔力総量はマジ半端ないとのことだ。と、そんな感じでボックスの容量限界については当面は気にしなくてもいいという話なんだよね。

「ということでお手伝いさせてください！」

私はアイテムボックスを呼び出してニコっと笑った。

そして二人は大きく目を見開いて――

「レアスキル持ち……か」

「人は見かけによらないということですね」

ありゃ？

フー君曰く「古代では普通のスキル」という事だったんだけど、あくまでも古代ではっていう話だったみたいだね。

本当にフー君と前世さんの常識には気をつけねば……。

変に力があることを知られると、面倒ごとに巻き込まれたり、あるいは厄災認定とかされてどんな扱いされるか分からないしね。

でも、まあ、今回はドン引きとかはされていないので、まだギリギリセーフって感じかな？

「それじゃあアタイ達の荷物運びをお願いしようかね」

そうしてアイリーンさんは私に向けて大きくうなずいた。

「はい、何でも持ちますので！」

と、そこで……私はずっと気になっていたことを切り出した。

「ところで——どうしてこの人は蝶々なんですか？」

そう、私の隣にはさっきからアゲハ蝶の覆面で目元を隠して、一言も喋《しゃべ》らない……胸の大きさが控えめの女冒険者さんが座っていたのだった。

アゲハ蝶――茶髪セミロングの覆面の剣士さんが無双した。それはもうめちゃくちゃに無双した。

まあ、あの後、私達は森林墓地に差し掛かってゾンビの集団に襲われたんだよね。

会話からしてゾンビはかなりの強者のようで、早くも私の出番かなと思ったんだけど、覆面さんが強かった。

アイリーンさんや魔術師のお姉さんも強かったんだけど、とにかく覆面さんが凄かった。

なんていうか、ステータス的な意味でのスピードや力は、おそらく私やフー君のほうが遥かに強い。けど、覆面さんは武を極めているっていう感じなんだよね。

対人戦に特化している感じって言ったらわかるかな？

フー君なら覆面さんと戦っても問題ないんだろうけど、私が戦った場合、相手に技とか理合いとかでこられると、多分めっちゃ戦いづらい。

まあ、私が負けることはないと思うけど、フー君と出会った直後の私だったら翻弄されていたのは間違いないね。

で、私達は道を歩いている訳なんだけど、アイリーンさんが覆面さんを見て大きく頷いた。

「しかし、覆面がこんなに強いとは思わなかった。Aランク冒険者……いや、Sランクの領域に片足突っ込んでいるかもしれないね」

「ええ、覆面はとんでもないです」

いやはや、本当に覆面さんはとんでもないみたいだね。

何しろ、仲間から覆面って言われているんだから、それだけで覆面さんが只者ではないということは間違いない。

で、私としては今まで一言も喋らない覆面さんは凄く気になるのだ。

――ミステリアスなのだ。

と、いうことで覆面さんとの会話を試みてみた。

「覆面さん覆面さん。覆面さんの剣術って凄いですねっ！」

私の言葉を受けて、覆面さんは強者の気配と共に、悠然とした動作で首を振りながら――口を開いた。

「そんなことはないでしゅよ」

噛んじゃった！

開口早々噛んじゃった！　初めてのセリフで噛んじゃった！

「覆面さんのお名前は？」

「シャーロット……い、いえ、ひ、ひ、ひみっ！　秘密でしゅっ！」

また噛んだ！

その上、シャーロットって言っちゃった！

「あ、あ、あわわっ！　ひみ、ひみ、秘密なんでちゅっ！」

噛み過ぎて赤ちゃん言葉になっているっ!?

明らかな動揺と共に、アイリーンさん達のほうを気にしているので、バレたらダメ的な何かがあるのだろうか？

で、動揺を通り越してテンパった覆面さんは――

「ふ、ふ、ふわあああっ！」

コケた。

道のぬかるみに足を取られてすっころんだ。

そして……これは間違いないと私は思う。

――コレは残念系の子だ……と。

いや、まあ、アゲハ蝶の覆面だしね。

で、私は覆面さんの手を引いて起こしてあげた。

っていうか、何でこの子は覆面つけてるんだろうね。多分、覆面をとれば可愛い感じの顔立ちなんだけどな……。

――光学迷彩《イリュージョン》を解除するバブ。

お？　どういうこと、前世さん？

——これは超古代文明の魔道具バブ。認識阻害系の魔法が付与されているバブね。魔道具の本体は首のネックレスで、周囲の人間は覆面という幻覚を見ているだけで、実際に覆面はないバブ。

丁寧な説明ありがとう、前世さん！

で、前世さんが光学迷彩を解いてくれたおかげで、私には覆面さんの素顔が見えるようになった訳だ。

——っていうか、あらやだこの子可愛い。実際、ちょっとドキってするくらいに可愛い。

おっとり系というか何というか、そんな感じ。

まあ、みんなには覆面が見えているので、私もその設定に話を合わせるけどね。

そうして一段落ついたところで、アイリーンさんに尋ねてみた。

「ところで今回の依頼はどんな依頼なんですか？」

「とあるダンジョンの調査さ」

「調査……ですか？」

ああ、とアイリーンさんは頷いた。

「違法な魔法研究をしている屍霊術師が住み着いたっていう情報が入ってね。まあ、信ぴょう性は低いから、ダンジョンで素材集めがてら……って訳さ」

「だからアイテムボックス持ちは歓迎だったのですよ」

「ただ、一つだけ気になることがある」

「気になること？」

「最近、とある富豪の屋敷から愛人がたくさん攫《さら》われていてね。しかも犯行には屍霊術が使われていたんだ……こいつはちょっとキナ臭いと思わないかい？」

「ってことは、悪い屍霊術師さんがこのあたりに潜んでいること自体は確定なんですか？」

「ええ、そうですねマリサちゃん。でも、今から向かうダンジョンは聖の気が強い場所です。屍霊術師の寝床としてはまずありえないので安心して大丈夫ですよ」

「にゃるへそー」

と、そこでアイリーンさんはクスっと笑った。

「で、その大富豪の話なんだが、少し面白くてね。聞いてくれるかい？」

「面白いと言いますと？」

「今は事業で大成功した大商人なんだけどさ。元々は財宝を掘り当てた農家兼冒険者だったらしいんだよ」

「財宝ですか？」

「ああ、何でも飼っていた犬が裏庭で地面をクンクンかいでワンワン吠えて、掘ってみたら金貨がザックザクって話だね」

「へー、ここほれワンワンの童話みたいですね」

で、全員の欲望の視線がフー君に向けられる。

「我はそういう特殊技能は持っておらんぞ？」

と、フー君が喋ったことを受けて、アイリーンさんが驚愕の表情を作った。

「喋った！」

「犬が喋りましたよ！」

「喋りましゅたっ！」

「やっぱり噛んだっ!?」

と、それを受けてフー君は心外だとばかりにため息をついた。

「喋る犬くらいそこらにいるじゃろう」

いや、いないでしょ。

そこらにどころか、そもそも喋る犬っているのかな？

「そうだね、そんなのそこらにいるね」

「ええ、そうですね、そこらにいますね」

「しょこらにいるんでしゅっ！」

「納得したっ!?　そしてやっぱり噛んだっ!?」

いや、普通は納得しないと思うんだけどなー。

まあ、ノリが軽そうな人達で良かったよ。

サイド

# フェンリル

深夜。

皆が寝静まり、我が周辺の索敵をしようと起きた時――「ギョへっ」と変な声が出てしまった。

と、いうのも……マリサが「気を付け」の姿勢で寝ておったのじゃ。

どこの軍隊に出しても恥ずかしくない、綺麗な気を付けの姿勢じゃった。

いや、まあそれはいいのじゃ。百歩譲ってそれはいいのじゃ。問題なのは――

――うつ伏せじゃったことじゃ。

「どんな寝方なのじゃっ!?」

魔獣の王としての我もこれにはビックリじゃった。

アホの子だとは思っておったが、やはりこの娘はどこか変じゃ。

と、そこでマリサがむにゃむにゃと寝言を言い始めた。

「フー君……今日の晩ごはん……ロールキャベツだよー♪」

ふふ、どんな夢を見ておるのかのう。

この娘は食べることが好きらしく、料理も上手じゃと言っておった。

しかし、夢の中でも我のことを忘れずに食事を振る舞うとは、中々に可愛い奴ではないか。


「あ、間違えた。ロールキャベツじゃなくてドラゴンさんの丸焼きだった」


豪快な間違いじゃなっ⁉

しかもうつ伏せじゃし……気を付けの姿勢じゃし……。

「むにゃむにゃ……よし……ちゃんと効いたみたいだね」

効いた？　何の事じゃろうか。

「みんな、フェンリルさんは大きいから運びにくいよ……」

うぬ？　我が運ばれておる？　どういう状況の夢なのじゃ？

「うん、さっきのご飯でこうなった……ギルドの買い取り……やっぱ運べない……値段下がるけど
……」

こ、こ、こ、これはっ⁉

毒を盛られて我がギルドで売られるとかそんな感じかの？　いやいやいや、マリサ、それはちょっ

と酷いんじゃないかの？

「……解体しないと……夜……でもよく見えない……」

　解体っ!?

と、そこで我はついに我慢ができなくなり、その場で大声で叫んだ。

「こらあああああっ！」

「あ、フー君？　どったの？」

「どんな夢を見ておったのじゃっ！　貴様の心は我をそのような目で見るほどに汚れておったのかっ!?」

　するとマリサは「ほえ？」と小首を傾げてニコッと笑った。

「え？　フー君が私の料理でお腹を壊して、フー君をお医者さんまで運ばないといけなくなって……それで昼間に狩ったゴーレムさんをギルドに運べなくなったから、何とか持てるだけフー君と一緒に街に持っていこうって感じでゴーレムさんをバラバラにして……」

「お……おう」

　そして、我は空を見上げながら思ったのじゃ。

　どうやら――心が汚れておったのは我の方だったようじゃと。

「フー君、こっちにおいでー」

　毛布をあげて、マリサが中に入れと言ってきた。

「ふむ……」

我としても威厳がある。毛布の中に入るとしても、すぐに行っては足軽……いや、尻軽みたいじゃからの。

まあ、ここはすぐに入ってしまうのはいかんじゃろう。

「フー君？」

「何じゃ？　ああ、それとな？　我と一緒に寝ようなどと……軽く扱われても困るのじゃがな？」

と、そこでマリサは吹き出してしまったのじゃ。

「ふふ、あははっ！」

「どうしたのじゃ？」

「尻尾フリフリで嬉しさが隠せてないよ？　めっちゃ中に入りたいんじゃん」

「む……む……むぅ……」

「ふふ、やっぱりフー君ってチョロ可愛いね！」

「や、や、やかましいわ！　この……足軽女！」

「ガビーン」

そうして、マリサに抱かれながら我は眠りについたのじゃった。

## サイド マリサ

で、ダンジョンに到着して、中を進むこと一時間。

役割としてはアイリーンさんとお姉さんが魔物の相手をする担当だ。覆面さんについては強者の余裕からか戦闘には参加しないみたいだね。

っていうか、覆面さんは「自分が戦いたいときに戦う」という契約でパーティーに参加しているらしい。

——うん、やっぱりミステリアスだ。

依然として、私の興味は覆面さんに向く訳なんだけど、それはさておきダンジョン調査は順調だね。

魔物をバッサバッサとやっつけて、そして素材をわっさわっさとアイテムボックスに放り込んでいく感じ。

「はは、大猟だね」

「ええ、アイリーン。帰ったらみんなで祝勝会ですね」

祝勝会かー。

冒険を終えて、みんなで酒場で美味しいものを食べて、一杯飲んで騒ぐってやつだね。

いいないいなー、やっぱりそういう生活にあこがれちゃうなー。楽しそうだなー。うん、やっぱり私は当面は冒険者でやっていこう。

でも、私はまだ冒険者登録すらしていないから、そういう楽しいことはしばらく先だね。

と、そんなことを思っているとアイリーンさんがニコっと優しく笑ってきた。

「街に戻ったらマリサも来なよ。アタイがおごってやるぞ？」

「はは、アイリーン。奢るどころか、この子にはちゃんと分け前をあげないといけませんよ。アイテムボックス持ちがいてこんなにも助かっているのですから」

「ああ、そうだね。途中参加だけど、マリサは今回のパーティーの一員だ。ともかくマリサ、あんたも来なよ」

何この人達。めっちゃいい人じゃーん！

美人さんだし仕事もできるし、ちょっと憧れちゃうなー。

ふふ、私も将来はこんな頼れる姉御肌なお姉さんになりたいもんだね。マリサ姉さんとか言われて後輩に慕われちゃったりして……ふふふ。

「行きます行きます！　美味しいもの食べましょうっ！」

「ああ、約束だよ」

そうしてみんながニコニコ笑顔になったその時――

「団体さんのお出ましのようだね」

「ええ、そのようです」

気づけば、私達の周囲を無数の魔物の群れが取り囲んでいた。

相当な数の魔物で、これはちょっとアイリーンさんとお姉さんじゃ不味いんじゃなかろうか？

よし、ここは私の出番と一歩を踏み出した。

「マリサ、下がりなっ！」

「え、でも……？」

「そういうのは子供の仕事じゃない。強い大人の仕事だからねっ！」

「アイリーン、切り込んでください！」

「あいよ、魔法後方支援は任せたよっ！」

物凄い勢いで魔物が討伐されていく。

この二人が強いのか、魔物が弱いのかはわからないけど、これなら心配なさそうだね。

と、私が安堵のため息をついた時、洞窟の奥が薄暗く光り、こちらに向けて猛速度で何かがやってきた。

「あれはスケルトンロード……？」

「討伐難易度Aランク下位クラスっ!?　アイリーン！　マリサちゃんが狙われていますよっ！」

「分かってる！　でも、すぐにはそっちに行けないよっ！」

言葉通り、二人は魔物で手一杯のようだ。

で、スケルトンロードは間合いに入ると同時に、私に向けて剣を大上段に構えた。

そして、私が拳をギュっと握りしめたところで、覆面さんが私とスケルトンロードの間に割って入った。

「……」

無言で覆面さんはスケルトンロードに斬りかかる。

薄暗い洞窟内に無数の剣閃が煌めき、剣と剣が火花を散らす。

「すごい！　さすが覆面だっ！」

「ふふ、魔術師では剣筋が見えないレベルですね」

「はは、アタイでも目で追うのがやっとだよ」

スケルトンロードと覆面さんの攻防は七対三で覆面さんが優勢といったところ。

この感じなら私が出なくても問題なさそうだね。

で、再度、洞窟の奥が光って――

「スケルトンエンペラーだとっ!?」

「討伐難度Aランク上位……？」

と、そこで舌打ちと共に覆面さんが口を開いた。

「マリサさんっ！　逃げてくださいっ！」

無口な覆面さんが……自分から叫んだ？

それほどにスケルトンエンペラーはヤバいってこと？

で、スケルトンエンペラーは一気に間合いを詰めてきて、やっぱり大上段から剣を振り落としてきて――

「そおおおおおいっ！」

ヴァチコーンっと強烈なぶちかまし音と共に、私の右アッパーがカウンターで決まった。

うん、やっぱり、フー君と出会ってからこれまでの時間と訓練で心と体がかなり同調してる感じだね。

ドラゴンさんとの時に五割なら、今は筋力だけでいうと、七～八割の力が出せてる気がする。

で、スケルトンエンペラーは、頭から洞窟の天上に突き刺さって、埋まっていない腰から下の両脚をバタバタバタバタバタさせていて――

「「「え？」」」

と、三人はドン引きの表情でこちらを見ていたのだった。

「まさかマリサが覚醒者だったとは……」

「内緒でお願いしますね。バレるとなんかややこしそうですし」

「ええ、ややこしくなるでしょう。無論、このことは他言無用にしますよ」

「……」

覆面さんも無言で頷いてくれた。

っていうか物分かりのいい人達で良かったよ。まあ、この人達なら言いふらしたりはしないよね。


「しかし参ったね。屍霊術師は確実にここにいるよ」

「ええ、即時撤退しましょ――」

言いかけたところでお姉さんは首を左右に振った。

「退路を断たれました。魔力の流れから察するに、ダンジョンの入り口に逃亡阻止の結界が張られましたね。かなり時間をかけて作られている結界で、私では対処できそうにありません」

「ってことは、どういうことなんだい？」

「術者を無力化するしかないでしょう」

さて、と私は拳をギュっと握りしめた。

「つまりは、ダンジョン最深部の屍霊術師を倒すしかないってことですね」

そうして私達全員は頷いたのだった。

◆

最深部は広い空間だった。

地面には大小の魔法陣に、隅には屍霊術師の住居と思われる小屋。

そして、黒いローブに身を包んだ屍霊術師は、私達を待っていたとばかりに空間の真ん中で仁王立ちを決めていた。

ちなみに屍霊術師は二十代後半の妖艶な感じの女の人だった。

「アイリーンさん？　あの人はいつからあそこに立っていたんでしょうか？」

「逃走防止の結界を張られてから、既に四時間は経過しているね」

「それからずっと立っていたってことでしょうか……？　でも、何故？」

「ああ、ラスボスよろしく……カッコつけるためだろうさ」

「それだけで四時間も？」

「凄い執念だね。敵ながらなんて恐ろしい奴なんだと思うよ」

「四時間も……たった一人でここで仁王立ち？　カッコつけるためだけに？」

「ああ、カッコつけるためだけさ。奴はきっとそういう奴なんだ」

「凄い……私なら退屈すぎて四時間も耐えられません。本当に只者ではなさそうですね」

私達の言葉が聞こえたのか、屍霊術師は若干恥ずかし気に頬を染めた。

「ふっふっふ、よくぞここまでやってきたな」

「アイリーンさん？　今の言葉聞きましたか？」

「ああ、あんなセリフを吐けるだなんて……。奴の……自分をラスボス風に演出することに対する執念は並々ならないね」

「ええ、本当に恐ろしい奴を敵に回したものですね」

「そうさ。なんせ、奴は女の癖にキャラを立てるために……わざわざあんなセリフを堂々と吐いているんだからね」

「はい、それに男女を別としてあんなセリフ……恥ずかしくて普通は言えません。いや、正気とは思えない。やはり、それほどにボスとしての矜持《きょうじ》があるんでしょう。強敵の予感がします」

やはり私達の言葉が聞こえたのか、屍霊術師は今度はとっても恥ずかし気に頬を染めた。

「茶番はここまでだっ！」

「聞きましたかアイリーンさん？」

「茶番はここまで……はは、こりゃあアタイ達もいよいよダメかもな」

「ええ、そんなことを言っている暇があるなら、まともな頭の持ち主なら攻撃をしかけてきます。しかし、奴はそれをしない……つまりは……」

「ああ、よほどの自信が奴にはあるんだろうさ」

「本当に……何という恐ろしい敵なんでしょう」

と、顔を完全に赤面させた屍霊術師は、今度は何も言わずに……いや、「ぐぬぬ」と言いながらパチリと指を鳴らした。

すると、地面の魔法陣からスケルトンエンペラーが一体に、スケルトンロード七体が現れた。

「マリサ、分かっているとは思うが助言しておくのじゃ」

「ん？　何？　フー君？」

「スケルトンを倒しても術者を倒さなければ意味はないぞ。すぐに再召喚で補充されてしまうでな。まあ、分かっているとは思うが」

「いや、全然わかってなかったよ！」

「偉そうに言うこっちゃないぞ」

と、フー君がため息をついたところで——すっと覆面さんがスケルトンエンペラーに向けて歩を進めていく。

「私がコレを押さえます……が、他の援護はできないです」

それだけ言うと覆面さんはスケルトンエンペラーに向けて斬りかかっていった。

「と、なると私達の中で最強のマリサちゃんが屍霊術師ということですね。アイリーン？　七体のスケルトンロードを押さえることはできますか？」

「無茶を言うのは良くないね。アタイら二人で一体がギリギリだ」

そうして二人は肩をすくめて、少しだけ悲し気な表情を作って——覚悟を決めたかのように頷いた。

「マリサ。死ぬ気でアタイ達がスケルトンロードを押さえる」

「命と引き換えなら、時間稼ぎ程度はできるでしょう」

と、そこで私の肩からフー君が飛び降りて——

——すぐに大きくなってフェンリルさんになった。

「こ、こ、これはっ!?　フェ、フェ……フェンリルっ!?」

狼狽するアイリーンさんにフー君はクスっと笑った。

「下がっておれアイリーンよ。貴様らが死ぬとマリサが悲しむ」

「いや、でもっ！」

そうしてフー君は二人とスケルトンロード達の間に割って入るように歩を進めだした。

「こういうことは……強い大人の仕事じゃからな」

よし、これで後方の憂いはないってことだね。

そうして私は地面を蹴って、屍霊術師さんに向けて跳躍《ちょうやく》した。

「貴様らの中に強者がいることは知っておるよ！　さあ、出でよバジリスクよっ！」

地面が一際強く光り輝き、屍霊術師さんの前に一匹のオオトカゲが現れた。

「ふふ、バジリスク……石化の能力は有名だが、それだけではない。例えば、槍でバジリスクを突けば血中の毒が槍を伝い、攻撃者を溶かして殺すほどだ」

何という分かりやすい説明台詞なのっ!?

私が驚愕していると、更に屍霊術師さんはご丁寧に説明を続けてくれた。

「つまりはバジリスクは毒のエキスパートっ！　ふふ、やれいバジリスクっ！」

そうしてバジリスクは私ではなく、覆面さんに毒液を吐いた。

私なら飛沫でも避けることはできるけど、覆面さんじゃ多分無理。

「キャっ！」

覆面さんを突き飛ばす形で、私が思いっきり毒液を浴びてしまった。

「フハハっ！　モロに浴びたな？」

――スキル：状態異常無効を発動させるバブ。

「はは、バジリスクの毒は即効性だ。今、立っているのもやっとだろう？」

屍霊術師さんはゆっくりと私のほうに歩いてきて、勝ち誇ったようにこう言った。

「仲間をかばって死ぬとはあまりにも滑稽っ！　ふははー！」

で、向こうが歩いてきているので、私も屍霊術師さんに向かって歩いてみた。

「え？」

「え？」

互いに立ち止まって、お見合い状態になった。

「どうして動けるのだ……？」

「何かバブバブ言ってました」

「え？」

「え？」

再度、互いに立ち止まって、お見合い状態になった。

「……え？　どういうこと？」

「……そういうことみたいです」

「っていうことで――」

私は大きく拳を振りかぶる。そして砲丸を今から投げますよーとばかりに、体を捻って振りかぶった。

「――てりゃあああっ！」

屍霊術師さんの顔面に向かった私の拳は急降下。

そのまま地面に拳を叩きつける。やっぱり女の子の顔を殴っちゃダメだよね。

――ドオオオンっ！

そうして、洞窟の床に巨大なクレーターができて、爆発したように大小の岩が飛び散ったのだった。

「まだやりますか？」

私の問いかけに、屍霊術師さんは答えない。アレ？　どういうことって思っていると――

「あ、気絶しちゃってるね」

その場で倒れて泡を吹いている姿を見て、うんと私は小さく頷いた。

「これにて一件落着だね！」

◆

で、なんやかんやあって帰り道。

あ、ちなみに屍霊術師さんはアイリーンさん達がギルドに連行することになった。

あと、ダンジョン内には大富豪さんの愛人さんが六人も捕らえられていた。

話によると、どうも非合法な研究の費用のための身代金目的の誘拐だったみたいだね。

そんでもって、アイリーンさん達は現場の調査が残っているという事だ。それで、私達は未成年だし、意味もなく長い遠征は不味いってことで先に帰ってくれってことになった。

そうして必然的に、私と覆面さんは二人で街に向かうことになったんだけど――

「……」

「……」

でも、覆面さんは無口なんだよねー。

道中、喋ることもないので若干気まずい。と、そこで私のお腹の虫が鳴いた。

「あー、お腹すいちゃったなー」

「あ、クッキー食べますか？」

「うん、食べる食べる」

クッキーを受け取って、カリカリと食べ始める。

「ふふ、マリサさんはリスさんみたいにちょこちょこちょこちょこカリカリカリカリって食べるのですねー」

「お母さんからは……はしたないって言われちゃったんだけどね」

「可愛くていいと思うんです」

と、そこで私はしばしフリーズした。

「ふ、ふ、覆面さんが普通に喋ってるっ!?」

っていうか、いつのまにか目元を隠していたアゲハ蝶も取っていた。いや、私は元々素顔を認識できていたんだけどね。

「いや、私はちょっと訳ありなんですよ。高ランク冒険者さんに正体を知られたくなかっただけなんです。あと、私の名前はシャーロットなので……マリサさんと年も同じですし、シャーロットと呼んでほしいんです」

「じゃあシャーロットちゃんね。私もマリサでいいよ」

しかし、はてさてどういうことなんだろう？

なんでわざわざ覆面なんて……と、思っていると——

——茂みからゴブリンさんが現れた。

人間の子供程度の大きさで、力もそれと同じ。

まあ、武器を持っていなければどうということもない。

ゴブリンさんはこっちに気付いてなくて、シャーロットちゃんの真ん前に思わず出てきちゃったーって感じだけど、戦闘になれば一刀両断だろう。

「きゃっ！　ゴブリンさんっ⁉」

「ギャっ！　ニンゲンっ⁉」

互いに小さく悲鳴を上げた。

ゴブリンさんは剣士の格好のシャーロットちゃんに危険を感じて驚いている様子だね。

でも、どうしてシャーロットちゃんが悲鳴を……と思っていると、その場でシャーロットちゃんは腰を抜かして尻もちをついてしまった。

「ど、ど、どうしたのシャーロットちゃんっ⁉」

「ゴ、ゴ、ゴブ……ゴブリンっ！　怖いんです、助けてくださいなんですっ！」

「え、え!?　どういうことっ!?　シャーロットちゃんって凄腕の剣士だよねっ!?」

「わ、わ、わた、私――ゾンビ系ならいけますけど、生き物は斬れないんですっ！」

「えーっと、本当にどういうことでしょうか？」

「昔から私、虫さんを潰しちゃうだけで落ち込んじゃったり……それにベジタリアンですし……」

「えーっと……ひょっとして……？」

「わ、わ、私……生き物を傷つけることができないんですーっ！　きゃあああああっ！」

物凄い大きな声でシャーロットちゃんが悲鳴をあげた。で、ゴブリンさんもまたそれに驚いて物凄い大きな声で――

「ギャアアアアアアッ！」

「きゃあああああああっ！」

森に響き渡る二人の悲鳴。

そして、逃げるゴブリンさん。呆気に取られる私。

「えーっと……さっきも聞いたけど、シャーロットちゃんは凄腕の剣士なんだよね？」

「い、い、いえ、錬金術師を夢見る学生でしゅっ！」

噛んじゃった！

うーん、どうにもこの子は感情が高ぶると噛んじゃうみたいだね。

ってか、何よそれ、超聞き捨てならないじゃん。

「錬金術師って……本格的に意味が分からないんだけど？」

「えーっと、私の父はギルド長で……私には剣士の冒険者になってもらいたかったみたいでですね
……父が元は剣士だったものですから……同じ道を進んでほしかったみたいで……」

「ふむふむ。お偉いさんの娘さんなんだね」

「それで、私は子供の時に言われたんです。『錬金術師といえば素材採取だ。採取といえば冒険者だ。冒険者といえば剣士だ！』って……だからとりあえず剣士になれって……」

「凄い三段論法だねっ！」

「で、私は猛特訓して剣士の技量を得たんですね。錬金術師になるために」

「え？　まさかお父さんの言葉を信じちゃったの？」

「薄々とは……なんかおかしいなーっとは思ったんですけどね」

「正確にはいつ、それがおかしいって気づいたの？」

「えーっと……二十日前です」

「あなた十四歳だよねっ!?」


馬鹿だ。

お馬鹿さんがここにいた。

と、私がそう思っていると、フー君が私の耳元でこう囁いた。

「足軽……サンタ……」

「ガビーン」

そこで「はてな？」とシャーロットちゃんは小首を傾げた。

「ガビ＝イン？　歴史上の人物か何かですか？」

「いや、そんなんじゃないよ、こっちの話。ははは……。気にしないで話を進めてよ」

「あの、えと……その……それでですね。剣士というか、冒険者を辞める辞めないでお父さんと喧嘩して、今通ってる錬金術師の学校の進級試験を受けちゃダメだ――って言われちゃったんです」

「あら、それはなんでなの？」

「売り言葉に買い言葉で……冒険者の仕事と錬金術師の勉強を並行してどっちもきちんとやり遂げるか、どちらもキッパリ辞めるかって……そんな二択になっちゃって……それで冒険者として一人前であることを示すために、高ランクの依頼を受けることになっちゃってですね……」

「なるほど。覆面の謎はそのあたりにありそうだね」

「はい。私が殺生をできないことはみんな知っているので、バレたら誰もパーティーに入れてくれない状態だったんです……」

にゃるへそ。

大体の事情は把握したよ。

「でも、シャーロットちゃんはどうして錬金術師さんになりたいの？」

「人や動物を癒すことができる薬を作ることができるんですよ？　それって素敵なことだとは思いませんか？」

屈託なく笑うシャーロットちゃんに、私は「あっ……」と息を飲んだ。

はたして、これから私に……こんな顔で笑うことってできるんだろうか？

夢を持って何かに突き進むって……うん、なんかそういうのって凄くいいねっ！

「まあ、つまりはシャーロットちゃんは優しいんだねっ！」

「んー。良く言えばそうかもしれないですね」

「じゃあ、友達になろうよ」

自分でもわからないけど、何故かそんな言葉が自然に出た。

それは多分きっと、さっきのシャーロットちゃんの笑顔を眩しいって感じたからだと思う。

「え？　いいんですか？」

「いいも悪いもないよ。あ、でも、突然変な事を言っちゃった自覚はあるし……嫌じゃない？」

「い、いや、嫌じゃないですっ！　私って使えない扱いされていて……あの、その、えと……友達……とかもいなくて……あの、その、私と……友達に本当になってくれるんですかっ!?」

「うん、いいよ！」

そうして私達は向き合って、照れ臭く「えへへ」と握手をしたのだった。

「ありがとうなんです！　友達になってくれてありがとうございましゅっ！」

あ、やっぱり噛んじゃった……と私は苦笑したのだった。

chapter 3

# マリサとモフモフと冒険者ギルド試験

昼下がりの森の道。

――スパァンっ！

樹木の陰から飛び出してきた二メートルくらいの体高のライオンさん。

その顔面を裏拳で殴ると物凄い勢いでライオンさんが吹っ飛んでいった。

「よし！　イケる！」

私は森の道を歩きながら、襲い来る魔物を相手に修行を積んでいたのだ。

いや、心と体が合ってないとかやっぱりアレだしね。ちなみに、今はシャーロットちゃんは花を摘みに遠くまで行っている。

――スパァンっ！

――ドパァンっ！

――グパーンっ！

今度は三匹。

樹木の陰から飛び出してきた、やはり二メートル級のライオンさんの顔面を裏拳で吹き飛ばす。

「まあ、さっきからマリサが倒しているのは弱い魔物じゃがな」

言葉と同時に更に三匹飛び出してきた。

——スパァンっ！

——ドパァンっ！

——ストコラパションっ！

あ、一匹クリティカルで入った。何て言うか、クリティカルの時は音が違うんだよね。

ってか、うわぁ……。

——キラーンっ☆

そんな感じで空高く飛んでいっちゃったよ。

っていうか、弱かったんだこの魔物。

まあ、やたら大量にでてくるから、強い系ではないと思ってたけどさ。

いや、でも見た目ライオンさんだし、結構強そうなんだけど……。

あーでもなー。

アイリーンさん達も熟練冒険者って感じだったけど、私の事を強いって言ってた。

フー君って、基準がおかしいっぽいからやっぱり絶対信用できないよね。

うーん、でもなー。

この前の屍霊術師さんの関係で、これはもう私が相当強いのは間違いない。けど、はたしてそれがどこまでかってのはあるよね。

ってことで、さて、これからの目的だ。

まずは強者が集まる冒険者ギルドに向かい、自分の力の本当のところを正確に確かめること。

冒険者ギルドには、ギルド員登録試験があるらしいし、ここで大体分かるだろう。

で、そこまで考えていた時に物陰から――

――やたらデカいライオンさんが出てきた。

さっきまでの倍以上で、今度は五メートルくらいあるね。

で、動きはフー君……じゃなくて、フェンリルさんよりも余裕で遅い。

その上、私も鍛えられているので、当然ながら裏拳が面白いように決まる訳だ。

――ストコラパションっ！

けれど――

「嘘？」

と……そこで私はその場で目を見開いてしまった。

え？　私の一撃で吹き飛ばない？

デカいとはいえ、今までのライオンさんと同種と思ってたので完全に舐めてたね。

とはいえ、地面にうずくまっている感じなので相当に効いてはいるみたい。

ってことで、二度目は裏拳じゃなくて右ストレートを叩き込んだ。

――ドゴションっ！

五秒経過。

十秒経過。

二十秒経過……よし、動かない。仕留めたみたいだね。

そうして私は周囲に転がっているライオンさん達の回収を始めた。

何でかって？　何を隠そう、倒した魔物は冒険者ギルドで買い取りをしてくれるということなのだ！


――お金なのだ！　ケーキなのだ！　クッキーなのだ！


ふふふ、長い森の放浪生活で、甘味に飢えた乙女の欲望を舐めるんじゃないわよ！

こちとら、ライオンさんが砂糖の塊に見えるレベルで飢えてるってなもんよ。

と、そこでシャーロットちゃんがお手洗いから帰ってきた。

「あれ？　マリサちゃんどうしたんですか？」

「ん？　どうしたって何が？」

「涎《よだれ》がでてますよ？」

えええっ!?　それはさすがに乙女的に良くないね。

と、ハンカチで涎を拭いたところで、シャーロットちゃんはニコリと笑った。

「じゃあ、街に戻りましょうか。もうすぐですよー」

と、まあ、そんなこんなで――

――私達は魔物を殴り倒しながら、街の冒険者ギルドを目指したのだった。

ちなみにやたら一杯出てきたので街に着くまでにライオンさんを三十体は狩った。

◆

「冒険者ギルドに登録したいんですけど」

「ダメです。帰りなさい」

と、まあそんなこんなで私は今……冒険者ギルドにいる。

ちなみに、シャーロットちゃんは例のごとくお花を摘みにいっている。あの子、何かの病気じゃないのと少し心配になるけれど――

今日のところは冒険者ギルドでの目的は三つだ。

私が強いのは確定しているので、じゃあ具体的にどれほど強いのかをギルド員登録試験で正確に確認する。

そうすることによって、今後の私の生活が当たり前に変わってくるもんね。

実家の男爵家から逃亡みたいな感じだし……力だけで貴族や治安維持部隊相手にどこまで無茶がきくかもわからないから、これは急務だ。

で、その次は冒険者登録。

生活費を稼がないと、そりゃあダメだという当たり前の理由だね。

そして、最後にアイテムボックスに入っている大量のライオンさんと謎の薬草を買い取ってもらうこと……。

以上三点が目的なんだけど……。

「ダメってどうしてなんですか？」

受付カウンターの中のエルフの受付嬢さんはテーブルをバンと叩いた。

「命は大事にしなさいっ！」

「え？　命ですか？」

「貴女、十代半ば……いや、前半じゃないの？　十二歳～十四歳ってところでしょ？」

まあ、十四歳だけどね。

背が小さくて童顔……あと、ぶっちゃけ……胸の発育も悪いから十二歳くらいに見られることは多々あるね。

「貴女、冒険者ギルドって何をするところか知っているの？」

「えーっと……素材を集めたり魔物を退治したり、賞金首を追いかけたりですよね？」

うんうんと受付嬢は頷いて、そして――

「悪いことは言わないわ。帰りなさい」

と、睨まれながら言われちゃった。

「いや、でも……」

「家出少女の事情は聞かないけど、お姉さんには人としての心があるわ。働くなら労働者ギルドにしなさい。死ぬ気で働けば寝て食べるくらいのことはできるでしょう」

何か真剣に怒ってるみたい。

うーん……要は心配してくれてるってことだろうし、この人いい人なのかな？

「いや、でも私はそこそこ強いですよ？」

「その可愛らしい見た目で？　馬鹿は休み休み言いなさい」

ガビーン。鼻で笑われた。

どうしよう……これは八方ふさがりじゃないでしょうか？

「あの、どうしてそこまで私を嫌がるんですか？」

「女の子は珍しいけど男の子はよく来るのよ。それで……たくさん死んだ子を見てきたからね……十六歳以上の大人が決めたことならお姉さんは何も言わないけど、貴女達くらいの子はまだ早まっちゃいけないんだよ？」

　やっぱりいい人っぽいんだよね。

　でも、私もギルドで生活基盤を手に入れなければ詰んでしまうのだ。

「あと、貴女ね？　さっきから何のつもりなの？」

「何のつもりというと？」

「頭に乗っけている……そのモフモフよ！　これみよがしに私に見せつけて……！　っていうか、どうせ家出か何かでお腹空かせてるんでしょっ!?　仕事終わったらご飯奢ってあげるから、後で触らせなさいよねっ！」

　うん、絶対いい人だこの人！

　――モフモフ好きに悪人なんている訳ないもんねっ！

「ふむ。受付嬢よ。お主は我の凄さが分かるエルフのようじゃな」

「お、お、お爺ちゃん！　何この子っ！　お爺ちゃん言葉で可愛いっ！」

「可愛いのではなく、カッコいいと言ってほしいのじゃがのう」

と、そこで受付嬢さんは机の中から猫じゃらしを取り出した。

「ふふ、お姉さんは知っているわよ。猫ちゃんはこういうのが好きなんでしょう？」

「猫じゃらしか？　いや、全然好きではない。そもそも我はどっちかっていうと犬じゃからの……いや、犬扱いされても困るが」

受付嬢さんは、猫じゃらしを私の肩の上のフー君の目の前に突き出して、フリフリしはじめた。

「じゃからそんなもの……」

あ、フー君……目線で猫じゃらしを追っている。

受付嬢さんがシュッシュってやってみると、フリフリリって首と頭を動かしている。

「こ、こんなもので、この我が……」

猫じゃらしをシュッシュッシュ。

頭と尻尾がふーりふり。

「我が……我が……」

あ、前肢《あし》がついに出たっ！

猫じゃらしに向けて、シュって右肢が出たよっ！　今、確かに野生の眼光と共に前肢が出たよっ！

「我が……我が……」

猫じゃらしをシュッシュッシュ。前肢もシュッシュッシュ。

「この……我が……」

あ、何かもの凄く恥ずかしそうにしている感じだよっ！

現状のチョロイン状態に、心の中のプライド的な何かが音を立てて崩れている感じだよっ！

けど、尻尾もフリフリで、舌を出して「ハッハッ！」と息を吐いてノリノリの様子でもあるよっ！

今、間違いなく本能と理性が戦っている感じだよね。本当は物凄い勢いで猫じゃらしに飛び掛かりたいけど、我慢して……けれど我慢できずに申し訳程度に肢が出てる感じだね！

はたして魔獣の王であるフー君の行動が今後どういったものになるのか……思わず手に汗握っちゃうよ！

そして受付嬢さんが遠くに猫じゃらしを投げると――

「ワンっ！」

ま、ま、ま、負けたー！

フー君負けたーっ！　完全に本能に負けて物凄い勢いで猫じゃらしを追いかけていったーっ！

と、まあそんな感じで私の肩からものすごい勢いで飛んで行って、猫じゃらしを追いかけていったんだよね。

で、猫じゃらしを咥《くわ》えて、尻尾を振りながら物凄く嬉しそうにこっちに戻ってきたんだけど、フー君はニヤニヤしている私と受付嬢さんに気が付いて我に返って――


「……むぅ」


「やっぱフー君ちょろいじゃん」

「や、や、や、やかましいわっ！」

と、それはさておき、でも、この場合は私的には困っちゃうんだよなァ……。

この受付嬢さん頑固そうだし、ちゃんとした信念もありそうな感じだし……うーん。

まあ、最悪の場合は隣町の冒険者ギルドで登録とかそんな感じにしようかな。

ってことで、とりあえず目的の買い取りだけでも実行しなければ……。

「じゃあ、買い取りをお願いします……」

「あら？　果物や薬草の採取でもしてきたの？　魔物がでる危ない場所なんて行ってないでしょうね？」

諌《いさ》めるような口調で、キツイ視線が私に浴びせかけられる。

「いや、買い取ってもらいたいのは魔物で――」

そうしてアイテムボックスを呼び出すと、お姉さんは「ほう」と息を呑んだ。

「あら、貴女……レアスキル持ちだったみたいね」

「あ、やっぱりそうなんですか？」

へー、アイテムボックスってやっぱり相当なレアスキルなんだね。アイリーンさん達も驚いていたし。

「そうなんですかって……？　貴女おかしいこと言うわね？」

訝《いぶか》し気な表情を受付嬢のお姉さんが見せてきたので、私は「いやいや」と首を振った。

「いや、そうなんですか……じゃなくて、そうなんですよっ！　私はレアスキル持ちなんですっ！」

「ふーむ。そういう事情なら冒険者登録というのも無謀って訳ではなさそうね。レアスキル持ちは珍しいし需要はあるわ」

「あれ？　子供は駄目なんじゃないんですか？」

「家出少年少女みたいな子の、無謀なヤケクソ登録がダメってだけよ。ちゃんとした能力持ちが理由があってそうするのなら、無理には止められないわ」

よしよし、いい感じだね。

冒険者ギルドに登録できる流れになってきたみたいだよ。

「それじゃあ登録については後で話すことにして、魔物の買い取りをお願いします」

「ちなみに魔物っていうのは？」

「二メートルくらいの大きさの、ライオンみたいな魔物です」

そこでお姉さんのエルフ耳がピクリと動いた。

「ひょっとしてクイーンレオのこと？」

と、そこで――

私はアイテムボックスからさっきのライオンさんを取り出した。

ちなみに、縦×横×高さ三メートルくらいで、これに入るものなら何でも入るし、出すことも当然に可能だ。

私はライオンさんを取り出して、カウンターの上によっこいしょと差し出した。

「……ほ……本物の……ク……クイーンレオのようね……これを買い取れば……いいの？」

「これだけじゃなくて、他にもあります」

「他？　他にもあるの？」

「えーっと……これと、これと、これと、これと……」

私は次々とクイーンレオを取り出して、テーブル上に積み上げていった。

「ちょっと貴女？　テーブルの上にこれ以上は乗らないからもう出さなくていいわ。それで、これは……他にどれくらいいるの？　総数どれくらいになるの？」

「えーっと……三十体くらい？」

「さ、さ……三十体ですってっ!?」

「え？　どうしてそんなに驚いているんですか？」

「Aランク冒険者のパーティーの遠征の帰りじゃないのよっ!?　ただの女の子がこんなの持ってきたらそりゃあ驚きでしょうよっ！」

あ、これはやっちゃったっぽい。

フー君が弱い魔物とか言ってたから、そこまで不自然ではないかなーとか思ってたのが甘かった。

「……あ、そういえば貴女はレアスキル持ちよね？　ひょっとすると流れの高ランク冒険者の荷物持ちとかで……買い取りもお使いで頼まれたとか？」

「あ、はは……はい、そんなところです」

「なるほど。それなら納得ね。それじゃあ全部で金貨百五十五枚ね。カイザーレオもいるみたいで……それは金貨二十五枚で買い取るからね」

確か新米の兵士さんの月収で金貨十枚って聞いたことがある。

ってなると、本当に物凄い大金だね。

と、そこで私は「あっ」と息を呑んだ。

これは私の夢を叶えるチャンスなのでは？

え？　私の夢ってなんだって？　そんなの決まってるじゃん。

超大量のケーキを買い込んで、一人で食べる、ひたすら食べる。

そして満腹まで食べても更に食べて食べて食べまくって、はち切れんばかりのお腹と共にそのまま倒れて寝るんだ。

考えるだけで桃源郷だよー。あー、幸せなケーキ妄想が膨らむなー。

っていうか何か妄想の度が過ぎて頭の中で声まで聞こえてきたよ。

――伝令！　伝令！　マリサ提督！

むっ!?　どうしましたかケーキ水兵！

――敵ケーキ艦隊を発見しました！　み、み、み、見渡す限りの敵艦です！

何ですとっ!?　ケーキ軍曹！　戦闘準備ですっ！

――マリサ提督っ！　準備間に合いませんっ！　敵砲門が火を噴きました！　バター弾幕来ますっ！

「みなさんっ！　敵は脂っこいようですよ！　紅茶の準備を怠ってはいけません！　私達最後の一兵まで、ケーキなんかには負けないんですからっ！」


「声に出ておるぞマリサ」

「えっ!?」

受付嬢のお姉さんが「紅茶飲みたいの？」と小首を傾げている。

「うう、どうしよう！　絶対に変な子だと思われちゃったよ！」

「大丈夫。心配せんでも元から変な子じゃ」

うるさいねフー君！　と、それはさておき――

「それじゃあえーっと……小さなお嬢さん？」

「あ、えと……名前はマリサです」

「しかし、本当に貴女のような子供がどうしてこんな代物を……？」

と、そこでトイレから帰ってきたシャーロットちゃんが大きな声を出した。

「マリサちゃんは凄いんですよっ！」

ぷんぷんという感じでシャーロットちゃんは頬を膨らませている。

「あ、シャーロットお嬢様？」

「マリサちゃんは本当に凄いんです！　強いんです！　私が保証します！」

お嬢様？

ああ、そういえばギルド長さんの娘さんだったか。

よしよし、これならどうにか私のことを受付嬢さんも信用してくれそうだね。

と、そこで——

「おい、シャーロット、その娘が強いといったな？」

ヒゲ面のナイスダンディーなオジ様が現れた。と、同時に受付嬢さんはぺこぺこと頭を下げた。

「こ、こ、これはギルド長っ！」

「ともかく、話は途中から聞いていた。お前達二人は俺の部屋に来い。登録試験も受けたいなら……俺が見てやるから」

そうして私達二人はギルド長さんの部屋に連行されたのだった。

◆

で、ギルド長さんの部屋。

応接ソファーに座らせられて、出された紅茶を一口飲んでみる。

うん、美味しい。男爵家よりもいい茶葉を使っているね。さすがにギルド長さんだけあって、生活水準は高そうだ。

「ところでギルド長さん？」

「ん？　何だ？」

「……それは何でしょうか？」

ギルド長さんの執務机を指さしながら、私は素直にそう尋ねてみた。

「シャーロットちゃん人形だ」

そう、ギルド長さんの机の上には、シャーロットちゃんをマスコット化したと思われる人形が置かれていたのだ。

「……はい？」

「だから、シャーロットちゃん人形だ」

っていうか、部屋の色んなところに人形が置かれている。

そう、ここにもそこにもあそこにもっ！　まあ、そんな感じで至るところに置かれているのだ。

それに、ふーむ……シャーロットちゃん人形以外にも色々とあるね。

「じゃあ、あれは？」

「シャーロットちゃん手帳だ」

言葉通りにシャーロットちゃん人形の絵が描かれた手帳が机の上に置かれている。

「じゃあ、これは？」

「シャーロットちゃんティーカップだ」

「それでは、上着の下に着ているそれは？」

「シャーロットちゃんTシャツだ」

「それらは一体何なんですか？」

「シャーロットちゃんシリーズだ」

シリーズ化っ⁉

いや、それくらいに色々あるけど、これ以上は深くは聞かないことにしよう。頭が痛くなる予感しかしない。

「シャーロットちゃんは昔から可愛いね可愛いねと近所のおばちゃんのアイドルで剣の腕だって超一流だし十三歳までパパと一緒にお風呂に入ってくれたし今でも一緒に三日に一回は寝てくれるし——」

聞いてもないのにとんでもない勢いで喋《しゃべ》りだしたよっ⁉

っていうかシャーロットちゃん……十三歳までお父さんと一緒にお風呂って……。

「——つまり、ウチの娘をそそのかしてもらっては困るっ！」

ええええっ！　そそのかすって何のことですか――――っ!?

と、そこでシャーロットちゃんが凄い剣幕で割って入ってきた。

「マリサちゃんはお友達ですっ！　そそのかしてもないし、お父さんにそんなこと言われる筋合いありませんっ！」

「嘘をつけっ！　お前に友達などおらんっ！」

「できたんです！　生まれて初めて友達ができたんです！」

「嘘をつけっ！　昼食代をオゴらなければ誰も一緒に飯を食ってくれないお前がっ！」

「嘘じゃないですっ！」

「便所で昼食を食べるのが日課のお前がっ！」

「だから嘘じゃないですっ！」

「魔法学院の体育の授業で、ストレッチで二人一組になるときに……先生とストレッチをしているお前がっ！」

「だから、嘘じゃないんですっ！　私にも友達ができたんですっ！」

これはどこから突っ込みを入れたらいいんだろう。

っていうか、シャーロットちゃんと友達になったんだけど、私ってば大丈夫なんだろうか。

いや、友達いないとかそういえば言ってたっけ……。

「ともかく、父さんは錬金術師なんて認めないからなっ！」

「お父さんのわからず屋っ！」

と、それはともかく――


――何なのこの修羅場は。どうして私はこんなところに呼ばれてるのよ……とほほん。


「えーっと……ギルド長さん？」

「ん？　何だ？」

「とりあえず私の試験を……」

「ああ、そうだな」

そうしてギルド長さんはシャーロットちゃんを睨みつけた。

「お前は視野が狭い。何もわからんうちから親に意見をするな。お前は父さんの言うとおりに生きるのが一番幸せなんだ」

「私はもう子供じゃないんです」

「試験には模擬戦も含まれる。なら、お前が強いと認めるこの子を俺の指名する冒険者が手玉に取って――お前の見識などその程度、つまりはお前はまだまだ世間知らずということを思い知らせるのみだ」

と、そこでギルド長さんはパンと掌を叩いた。

「おい、エリザベートっ！」

「何でございましょうかギルド長？」

入室してきたエルフの受付嬢さんにギルド長さんはニヤリと笑った。

「Cランク冒険者のミュールが受付前の広間にいただろ？　アレを呼べ。ランクアップ試験は一ヶ月後だったが、俺が直々に見てやる」

「と、おっしゃいますと？」

「模擬戦だ。オママゴトじゃない……本物のベテラン冒険者の実力を見せてやろうということだ。シャーロットは剣術の腕は確かだが、人を見る目はからっきしらしいしな」

と、それだけ言ってギルド長さんは私を見てニヤリと笑ったのだった。

◆

教練室。

ここは数多の冒険者志望者の夢を刈り取ってきた試練の場でもあるらしい。

というのも、最低限の力のない者に冒険者などをさせてしまったら、不味いことになる。

だって、それは自殺の手助けと変わらないもんね。ってことで、合格基準は厳密に定められているらしい。

　と、教練室内をキョロキョロと見回していると、ベテラン冒険者というミュールさんが私に話しかけてきた。

　いかにも冒険者っていう感じで、年齢は四十歳くらいかな？　ともかく、凄腕の香りがする。

「しかし、こんなちんちくりんの小娘が冒険者志望とはな」

「ちんちくりん？」

「ああ。お前みたいな青二才は冒険よりもママのミルクでも飲んでいる方がよほどお似合いだろうよ」

「ママのミルク……」

　そうしてミュールさんは私の肩をバシバシと叩いて豪快に笑った。

「ま、そう膨れるなよ。こっちはガキの相手をするだけでBランク冒険者に上がることができるって話で感謝してる。はは、優しく相手してやるから心配するなよな」

　と、ミュールさんがニコニコ笑顔になったところで、ギルド長さんがピシャリと言い放った。

「ミュール！　この娘との本試験はあくまでも前座……前倒しで試験を受けさせてやるための雑用みたいなもんだ。お前の模擬戦はあくまでも俺が相手だからな」

「そりゃあねえですぜギルド長の旦那ぁ……」

　ミュールさんの機嫌は露骨に悪くなって、私を睨みつけてきた。

　そうして私の耳元で小声で――

「チッ、使えねえガキだな……外傷残さない程度にボコボコにしてやるから覚悟しとけよ」

あれ？　何だか粗暴な感じの人だね。

アイリーンさん達を見て冒険者さんはいい人達って思ったけど、やっぱり色々な人間がいるんだね。

そうして私達は教練室で向き合って互いに構えた。私は素手で、相手は模擬槍だね。

「試合始めっ！」

ギルド長さんの合図で、ニヤケ面と共にミュールさんが話しかけてきた。

「お嬢ちゃん？　お前はこれから一方的にボコボコにされる訳だ。で……俺としても年端もいかない少女にそれはどうかというのもある」

「それはどうかと思うなら、そんなことしなければいいと思いますけど」

「まあそう言うな。へへ、そうだな……よし、俺の腹に最初に一発入れさせてやるよ」

チョンチョンとお腹を指さしながらミュールさんは頷いた。

「最初に一発？」

「何もできないままってのもお嬢ちゃんに悔いが残るだろう。俺の仕事はガキに身の程を教えることだからな、これは圧倒的実力差を分からせて絶望に叩き落すにも都合がいい方法なんだ」

とりあえず、悪目立ちは良くない。

えーっと、どうしようかな？　Aランクで龍殺しとかいう話だよね。

なら、前にドラゴンさんを倒した時の半分くらいの力でいこうかな。多分、そのあたりから始めて、力を徐々に解放していくのがいい感じな気がするよ！

あと、前回のドラゴンさんの時とか、エアーズロック式腕立ての時は闘気術とかいう謎パワーも発動してたらしい。

それは奥の手として取っておく感じで……まずは純粋な筋力だけで様子をみようかね。

「それじゃあまあ遠慮なく」

そのまま私は握り拳をミュールさんのお腹に向けて繰り出そうとして――

「ああ、何なら五発でも十発でも入れていいぞ。なんせ、胸も全く成長してない……正真正銘のガキ相手だからな。そう、胸も成長していない……まな板絶壁娘にハンデもやらんなんて、大人のすることっちゃない」


――あ、無意識で全力パンチを繰り出してしまった。


いや、怒りのパワーが乗っているので、全力以上かもしんない。

――ストコラパションっ！

しかもクリティカルで入った。

「ふぎゃあああああっ！」

そうしてミュールさんは物凄い勢いで後ろに吹っ飛んでいって、教練室の壁にメリ込んだ。

手足が曲がっちゃいけない方向を向いてるし、何だか分かんないけどプスプス煙も上がっている。

——パクパクパクパク。

エルフの受付嬢さんが何度も何度も口を開閉させて、シャーロットちゃんはうんうんとまるで自分のことのように胸を張って何度も何度も満足げに頷いている。

そうして私といえば、受付嬢さんのドン引きの表情に、「あ、これは不味いことになっちゃったかも」と、弁明を始める。

「あの、えと、これは……これは違うんですっ！　実力じゃないんです！」

「マ、マ、マ、マリサさん!?　何が違うというのですか？」

「う、受付嬢さんは私の実力を誤解をしています！　そう、これは誤解なんですっ！」

「誤解!?　その惨状の何が誤解というんですかっ!?」

「惨状というほどに酷いんですか？」

「ええ、大変ですっ！」

「だから誤解なんですって！」

「だから何が誤解だというのですかっ！」

「私は、私は——」

私は押し黙る。そして大きく大きく息を吸って、一呼吸置いてからこう叫んだ。

「――私の胸はあくまでも成長途中なんですっ！」

「実力って胸の話だったのっ!?」

エルフの受付嬢さんは、大袈裟にその場でコケてしまった。

と、そこでギルド長さんが「フン」と首を左右に振った。

「シャーロットが言っている通り、それなり程度にお前は……強者だろう」

「どういうことでしょうか？」

「強者なのは認める。だが、それはあくまでも普通の中では……ということだ」

そこで、エルフの受付嬢さんは驚いた表情でギルド長さんに尋ねた。

「でも、Cランク冒険者を一発ですよ？」

「ウチのシャーロットでも闘気剣術を使えばこれくらいは簡単にできる」

「ですがお嬢様は特殊で……」

「特殊な人間など……この世界には吐いて捨てるほどいる。ともかく、マリサ――次は俺と模擬戦だ」

「模擬戦？」

「これでも俺は元はSランクオーバーでな、帝都防衛部隊の切り込み隊長をやっていた。井の中の蛙に真の強者の領域を見せてやる」

「……Sランクオーバー？」

「ああ、今は現役を退いてSランク程度だろうがな。ともかく、先ほどのミュールと同じく、最初に一発入れさせてやる。あくまでもお前の力は――普通の範囲では異常である程度にすぎないことを教えてやる」

「おいマリサ？　お前……今……笑ったか？」

で、私は「あ、実力もっと出してもいいんだ？」的にニコリと笑った。

「え？　何の事だか？」

「ふむ……今の笑みは少し気になるな。これは試しておくか……」

そこでギルド長さんは教練室の壁に設置されている、魔法射撃用の的らしきものを指さした。

「おいマリサ、お前は魔法はできるか？」

「できますけど？」

「アレに魔法を打ってみろ。この教練室は儀式魔法に耐えられる構造になっているからな。思いっきりぶっ放していいぞ」

二十メートル先の的に向けて、私は掌を掲げて念を込める。

「精霊魔法レベル10：極炎球《フェニックスアタック》っ！」

ズゴゴゴゴ――――。

けたたましい効果音と共に、不死鳥が的に向けて放たれた。

そして、結果といえば的の破壊どころではなかった。

私の掌の直線状、教練室の床と天井が黒焦げになってしまったのだ。

あ、これは今度こそやっちゃったかも？　と、私が思っているとギルド長さんは右の鼻の穴から盛大に鼻水を噴出して――

「……ふぁ？　え？　いや……まあ、普通だな。ギリギリ……普通だな。うん、ギリギリ普通……多分……普通……。まだこの程度だったら全力……出したら勝てる……うん」

最後の方は小声で聞こえなかったけど、やっぱり私ってば、めちゃくちゃ強いのは強いけどあくまでも普通の範囲みたいだね。

「あとマリサ、お前は従魔を連れているが……それ、擬態させているだろ？」

「あ、分かっちゃいました？」

「とりあえず擬態を解かせろ。ビーストテイマーとしての力量も見てみたいからな」

「ふむ。おいマリサ？　我は擬態を解けばいいのか？」

フー君はボフンという煙の音と共にフェンリルさんになった。

そしてそれを見たギルド長さんの左の鼻の穴から鼻水が盛大に噴き出した。

そのまま私達はしばし押し黙ってお見合い状態となった。

「……」

「……」

「……」

「……」

「……ギルド長さん？」

「マリサ？　ひょっとして……ひょーっとしてなんだがな？」

「はい、何でしょう？」

「従えているってことは、お前……フェンリルより強いのか？」

「はい」

「……はは、やっぱそういうことか？」

「……はい、そういうことです」

「……」

「……」

「……ま、ま、まあ、そ、そ、そ、そ、それほどっ！　それほどにはた、た、た、大したことないな」

そうしてギルド長さんはコホンと咳払いの後、キメ顔を作ってこう言った。

「それでは次は実践……模擬戦闘だ」

で、私とギルド長さんは向き合って、そして、受付嬢さんが試合の開始の合図をした。

「それでは始めてくださいっ！」

と、そこで私は――

「あの、最初に一発殴っていいんですよね？」

「……魔法でなければな。あと、フェンリルを使ってもダメだからな。お前がやっていいのは、さっきミュールを吹っ飛ばした打撃だけだからな」

「お、おいマリサ？」

何故だかゲフンゲフンと咳ばらいをするギルド長さん。

そうして私は、どうやら全力を出しても大丈夫そうなので闘気術も解放してみた。

「何でしょうか？」

「さっきのはお前……筋力だけで殴ったのか？」

「そうですけど？」

ギルド長さんの両鼻から鼻水が飛び出した。

そうして、しばらくギルド長さんは何かを考えて、真剣な表情で覚悟を決めたかのように頷いた。

いや、なんか大袈裟な表情だね？

今から死地に赴く訳でもあるまいし。

「……打ってこい、俺も闘気防御をするから遠慮なく全力でな。これを耐えきって……お前があくまでも普通の範疇《はんちゅう》の強者だとシャーロットに証明してみせる」

なんか、後には引けなくなってるみたいな深刻な表情だね。

と、それはさておき、私は拳を握りしめる。

そうして、今から砲丸投げをしますよー的に、振りかぶって振りかぶって、これでもかと振りかぶって——

——右ストレートを繰り出した。

グシャリ……私の拳がギルド長さんのアバラに突き刺さる。

「どきゅぷっぱらっ！」

何か変な声が聞こえたけど……大丈夫かな？

「大丈夫ですか？」

「ふ…………。この程度……………か？　普……………通……………だ……………な
……………こんな……攻撃……ビクとも……せん……」

エルフの受付嬢さんが「おおっ！」という感じで目を見開いて手を叩いた。

「凄い！　さすがはギルド長です！　今の攻撃でノーダメージだなんてっ！」

「お………おう………っ。ノー……ダメージ……だぞ……」

わあ、やっぱりこのクラスになると……本当に凄いんだね。

私の全力の一撃で吹き飛ばないし、それどころかビクともしないなんて。

あれ？　でも、なんか脚がガクガクと震えてるし、肩もプルプルと震えてるね。

「どうしたんですか？　震えてますけど？」

小首を傾げて尋ねると、ギルド長さんはしばし瞼を閉じて――ダンディーな表情でこう言った。

「武者震い…………だ」

「なるほど」

と、そこでエルフの受付嬢さんが大きく頷いた。

「ギルド長！　もう一発いっちゃいましょう！　もう一発受けちゃいましょう！」

「え？　もう……一発……？」

「かつての帝都の切り込み隊長の威厳を見せてやるんです！　お嬢様もお父様のカッコいいところをみたいはずですよっ！」

「え？　え？　え？」

「さあ、もう一発やっちゃいましょう！　大人の威厳を……ドーンと見せちゃいましょう！」

「ちょ……エリザ……ベート……？」

「ええと、もう一発やっちゃってもいいんですか？」

でも、本当に大丈夫なのかな？　顔色悪いし、体調悪いんじゃ……？

と、私の問いかけにギルド長さんは押し黙って――そこでチャイムの音が鳴った。

「残念……だな。ギルド……業務……十七時までなんだ。それにまあ……お前の……実力は分かった。

おい……シャーロット？」

「何？　お父さん？」

「あくまでも……普通の範疇だが……強い友達だな。この子は特例で……いきなりBランク冒険者から始めるといい」

「……普通はFランクスタート……じゃあお父さんはマリサちゃんを認めたってことなんですか？」

「父さんも……お前のことを少し甘く見ていたようだ。錬金術師の進級試験は認める。ただし、錬金術の学校に無理のない範囲で冒険者稼業も両立させること。最終的にどの道を進むかは、十八歳になって錬金術師の学校を卒業してから……お前が決めなさい」

「……ありがとうお父さんっ！」

「それじゃあお前達は外に出ていなさい。父さんにはまだ仕事があるからね」

そうして――。

その日の翌日、ギルド長さんは謎の病気で仕事を休んだということだった。

chapter 4

# マリサとモフモフと冒険者パーティー

## サイド シャーロット

一週間前。

私は冒険者パーティーメンバーの募集依頼をギルドの掲示板に張り付けました。

そして今日、私の家の私の部屋で応募希望者が集まることになっているんです。

「しかし、集合時間過ぎても誰も来ないんです……」

やっぱり、私がアンデッド相手にしか攻撃できないからなんですかね？　みんなそのことは知ってますからね。

でも、お父さんと約束した以上、私は冒険者としても経験を積まないといけないんです。

そして、その経験はやっぱり……お父さんの言うとおりに将来の私のためになると思うんです。

錬金術師の若手は自分で外に出て素材を集めるのが普通なんです。当然、冒険者としての経験は役に立ちます。

それに――冒険者稼業には色んな出会いもあれば色んな別れがあるんです。

一期一会。

おかげでマリサちゃんにも出会えました。

それら全ての経験と出会いと別れは、将来錬金術師になる私にとって……今にしかできないことなんです。

だから、ギルドでの経験は私の宝物になるはずなんです。

――けれど、誰もパーティーを組んでくれないんです。

十八歳未満は危険性から、最低でも三人でパーティーを組まなきゃいけないんです。

マリサちゃんはひょっとしたら……って思いましたが、時間を過ぎた今、やっぱり来てくれませんでした。

まあ、あの子はいきなりBランクの超ルーキーで引く手数多……普通に考えれば、欠陥持ちの私なんて相手にされないですよね。

いや、それだけじゃなくて、他の冒険者パーティーで、ひょっとしたら新しい友達ができたりして、私を捨てちゃうかも……。

――うう……ともすれば涙が出てきちゃいそうになります。

と、その時、コンコンとドアをノックする音。バンと勢い良く扉が開かれて――

「シャーロットちゃん！」

募集の紙を持って、マリサちゃんが私のところに走ってきました。

「ごめんね！　地図が分かりづらくて遅れちゃった！」

そうして私は椅子から立ち上がり、マリサちゃんのところに泣きながら走って――

「待ってたんです！　待ってたんですっ！」

「友達だからね。これから楽しく一緒にやっていこうっ！」

そのまま、私はマリサちゃんにぎゅーっと抱き着いて、満面の笑みで「ありがとう」と感謝の気持ちを伝えたのでした。

## サイド　マリサ

で、シャーロットちゃんの部屋でお茶を飲んでいると、コンコンとドアをたたく音。

「悪い、野暮用で遅れちまった。アタイもお前達のパーティーに入れてもらいたいんだ」

「アイリーンさん？」

「屍霊術師を捕まえた時、アタイはマリサに可能性を感じたんだ。後、シャーロット……お前にもね」

「私にもなんですか？　っていうか、え、え、え、えええええっ！　私だってバレてたんでしゅかっ

!?」

やっぱり感情が乱れると噛むみたいだねこの子は。

「アレでバレてないと思う方がおかしいだろう」

まあ、アゲハ蝶の目隠しだけで髪型とか体型とか一緒だもんね。

認識阻害の効果もあるって話だったけど、アイリーンさんはAランクに上がりそうなほどの凄腕さんらしいし。

「じゃ、じゃあどうしてあの時は私をメンバーに?」

「ギルドマスターから、娘を頼むと言われれば仕方ないだろう?」

「……お父さんが?」

何だかんだでギルドマスターさんもいい人だね。

シャーロットちゃんも思うところがあるらしく、瞳をうるませちゃってる。

「本題に入ろうかい。マリサは規格外の力を持っていて、シャーロットもちょっとアレな欠点は持っているが剣術は超一流だ。だから、アタイはお前達と組みたい。アタイにはでかい目標があるからな」

「大きい目標ですか?」

「ああ、アタイの爺ちゃんは二十代の時に龍殺しの称号を得ていてね。それからSランク冒険者になって、更に大活躍してSランクを超えて冒険王と呼ばれるまでになった」

「冒険王!?　何だか凄そうな名前ですね」

「ああ、そうして爺ちゃんは……未踏破領域……その中でも新次元と呼ばれるエリアに旅立ったんだ」

「未踏破領域？　それに新次元って何ですか？」

「人類の生息圏の範囲外のことだ。魔物が危険すぎて住めないし、調査すらままならない地域を未踏破領域というんだ。そして、その中のとあるエリアが新次元……ふふ、凄いだろう？　まだ誰も見たことのない世界に爺ちゃんは冒険に繰り出したんだ」

「うん、確かになんか凄そうですねっ！」

「だけど……」とアイリーンさんはまつ毛を伏せた。

「だけどって……ひょっとしてお爺さんは戻らなかったんですか？」

「いや、戻ってきた。新次元で手に入れた戦果の財宝と共にね」

そうして私がほっと安堵に胸を撫でおろすと、アイリーンさんは首を左右に振った。

「でも、爺ちゃんは大怪我を負っていてね」

「え、それって……？」

「そうだ。爺ちゃんはその怪我が元で死んじまった。アタイも小さくてよく覚えてないんだけどね……」

「……」

「……」

見つめ合う事数十秒、アイリーンさんは微笑を浮かべてパンと掌を叩いた。

「やっぱり爺ちゃんの話になると湿っぽくなっていけないね」

「あの、何か変なこと聞いてしまってごめんなさい」

「いやいやいいんだよ。爺ちゃんは満足と共に逝ったんだから」

「満足？」

「ああ、普通の世界の全てを冒険し尽くして、武を極めて――爺ちゃんは未踏破領域に旅立つ前、それはそれは退屈な毎日を過ごしていたらしい」

「退屈？」

「強者の憂鬱って奴だろうね。でも、新次元から帰ってきた爺ちゃんは……息も絶え絶えで口を利くこともできなかったけど、とにかく満ち足りた表情だったらしいよ」

「大怪我で死にそうな状況……なのにですか？」

「うん。そうなんだ。それはいい笑顔だったって聞いている。だから、アタイは行きたいんだ」

「新次元へ……ですか？」

「なあマリサ？　ディープグリーンって知ってるかい？」

「ディープグリーン？」

「新次元の中心部――文殊の扉。この世の真理の全てが記されているという古代文明の遺跡だよ。そしてそこが爺ちゃんの最終到達地点だ。そこで爺ちゃんが何を見て、何を思い、何と戦って――そして満足したのか。それをアタイは知りたいんだ」

「死ぬかもしれないのにですか？　それでもアイリーンさんは行きたいんですか？」

そこでアイリーンさんは屈託のない表情で笑った。

「未知なるものに好奇心を抱く。それが冒険者ってもんだろう？　はは、これが血って奴なんだろうね。アタイはどうしても……それが見たいんだ」

「だから」とアイリーンさんは大きく頷いた。

「マリサ……そしてシャーロット。アタイと組んでくれないかい？」

そうしてアイリーンさんは大きく息を吸い込んで、覚悟を決めた女の表情を作った。

「パーティーの名前は暁の銀翼だ。ウチらの目的は爺ちゃんの残した軌跡を追いかけること！　まずは爺ちゃんがそうだったようにギルドで名を上げて、アタイ達全員が冒険王の称号を得る！　そして新次元に乗り込んで――アタイ達は怪我することなく無事にこの街に戻ってくるんだ！　そうしてアタイは爺ちゃんを超えるっ！」

私とシャーロットちゃんは顔を見合わせて大きく頷いた。

「暁の……」

私の言葉を、シャーロットちゃんが続けた。

「……銀翼」

どうやら、私と同じでシャーロットちゃんも今の話で心に火が入ったみたい。

最高の冒険者であるお爺さんの歩んだ人生の軌跡を追いかけて、お爺さんが最後に見た場所の謎を解き明かして、そして最後はお爺さんを超えることを目標にするんだよね？

うん、熱いじゃん！　すっごく良いじゃん！　当面の目標にふさわしいよっ！

そうして私達三人は円陣を組んで、右手を体の前に出していく。

そして円陣の丁度真ん中でそれぞれの掌を重ね合わせた。

「よし！　冒険者パーティー……暁の銀翼の結成だっ！」

年長者でもあり、リーダーでもあるアイリーンさんの言葉に私達は大きく頷いた。


で、なんやかんやあって森の中。

「これが初仕事。自警団の事情聴取も終わってってね」

私達の後ろには数人の綺麗な女の人が付いてきていた。

この前、屍霊術師さんのところで捕まっていた女の人達だね。

確か、大商人の愛人で、研究費用を稼ぐための身代金目的の誘拐だったんだっけ。

「この女性達をケガ無く、富豪の大商人のところに送り届けるよっ！」

「護衛依頼ですねっ！」

私の言葉で満足げにアイリーンさんは頷いた。

「この女性達を送り届けた後、正式にギルドでパーティー結成の申し込みをするって手筈になっている」

「じゃあ、今夜はパーティー結成祝いの宴会ですねっ！」

「ああ、アタイのおごりだっ！　好きなだけ飲んで食べていいよっ！」

「「やったー！」」

私とシャーロットちゃんは両手でハイタッチして、飛び上がらんばかりに喜んだ。

で、そうして大富豪さんの屋敷に着いたんだけど、いやはや、中々の大豪邸だね。

私の実家の男爵家なんかよりも数倍大きいよ。

それで、当然の流れとして屋敷の主の大商人さんと面会になったんだよね。

そんでもって、アイリーンさんは大商人さんを見るや否や開口一番――

「え？　爺ちゃん？」

しばしアイリーンさんはフリーズして、そして私とシャーロットちゃんは顔を見合わせてこう叫んだ。

「「えええええええっ⁉」」

ちょっと待って！　一体全体どういうことなのっ⁉　どうして大商人さんが冒険王なのっ⁉

「爺ちゃん、どうしてこんなところに？」

「あれ？　お前はアイリーンか？　っていうか、お前はヨアヒムから俺がここに住んでいるって聞いてなかったのか？」

「いや、父ちゃんからはそんなことは聞いてないよ」

「はは、ヨアヒムは見栄っ張りだからな。離婚の関連は黙ってたのか……いや、ひょっとすると見栄を張るために、あることないことお前に吹き込んだかもな」

「……え？　見栄っ張り？　離婚？」

「俺が冒険者をやってたってことは知ってるな？　そして俺は幸運にも犬の導きによって……財宝を発掘した。お前の婆さんもかなりの金持ちだろ？」

「……婆ちゃんが金持ちなのは、爺ちゃんが冒険で財宝を持ち帰ったからだって聞いてたけど……？」

「はは、そんな風に言ってたのか。ただ運良く埋蔵金を発掘できただけだよ。それでな、金持ちになってから、やたら女が寄って来てな。好きな人がたくさんできたんだ。そうして俺は、財宝の半分をお前の婆ちゃんに渡して……家を出た」

「……え？」

「まあ、お前の親父のヨアヒムも成人していたし、そこはまあ……爺ちゃんと婆ちゃんの男と女の問題ということだ」

「…………え？」

「その後、財宝を売った金を元手に事業を始めたらこれまた大当たりでな。金が増えて増えて女も増えて……で、今では愛人四十人を抱えるこのありさまだ」

「ちなみに爺ちゃん？　新次元っていう言葉に心当たりは？」

「おお、それな。さっき言ってた事業のことなんだが……実は爺ちゃんはちょっと人には言いにくい商売をやっていてな」

「人には言いにくい商売？」

「ここの地下で、新次元という名の……男性向けの……ぱふぱふ屋さんを経営しているんだ」

「ぱふぱふ……屋さん？」

と、そこでフー君が私の耳元でこう囁いた。

「マリサ！　いかん！　ここから先は聞いてはならんのじゃっ！　そしてシャーロット！　お主も聞いてはならんっ！」

ええ？　聞いちゃいけないってどういうこと!?

私はアタフタしながら耳を塞ごうとした。

「よし、マリサはやはり素直じゃ！　後はシャーロット……なぬっ!?　こっちは興味津々じゃとっ!?」

シャーロットちゃんは顔を真っ赤にして、耳を塞ぐフリをしているね。

鼻息も荒い感じで、顔を赤くして、期待に胸膨らませてドキドキ感も半端ないって感じ。

そうして私はやっぱり素直にフー君に従って耳を塞いで――

「まあ、男に目隠しをして椅子に座らせ……二匹のスライムで顔を挟むだけなんじゃがな。しかし、初見殺しということでコレが馬鹿ウケでな。騙されたと思って行ってみろという感じの悪戯半分の口コミで――遠方からのちょっとした観光地になっとるのだ！」

耳を塞いでいたからよく分からない。

けど、シャーロットちゃんが鼻血を流して倒れて、フー君が「何故にそれで興奮して倒れるのじゃー！」と大声で叫んだのだけは聞こえてきた。

で、「もういいぞ」とのフー君の言葉で私は塞いだ両手を耳から離した。

「と、まあそういう事情だよアイリーン」

「じゃ、じゃあ爺ちゃん？　ディープグリーンって言葉に心当たりは？」

「ああ、それな。ウチで一番高いスライムの種類だ。そりゃあもう……すっごい……ぱふぱふだ。これを経験するとこの世の真理を悟ることができるとか……悪戯の口コミで言われているようだな」

「そ、それじゃあ爺ちゃん？　ひょっとしてだけど……冒険者ギルドでのランクは？」

「ん？　俺は万年Dランクだったが？　兼業農家だったしな」

「あ、そうなんだ……アタイ、Bランク」

「凄いなアイリーン。頑張ってるな。お前なら龍殺しにもなれるんじゃないか？　トンビの孫がタカって奴だな。爺ちゃんも鼻が高いよ」

「はは、はは……はは……うん、龍殺しね……新次元ね……ディープグリーン……この世の真理……兼業農家……父ちゃんも農家……父ちゃん……見栄っ張り……盛り過ぎ……はは……はは……」

「がははは！」

「はは、はは……ははは」

「ガハハハっ！」

「はは、はは……ははは……はははははは……」

「ガハハハハハっ！」

「はは、はは……ははは……はははははは……」

「ガハハハハハハハハっ！」

私とシャーロットちゃんはただただ口をパクパクと開閉させる。

いや、まあ……こんなのもうただただ絶句しかできないよ！

「爺ちゃん、アタイ……もう帰るよ」
そして帰り道。
アイリーンさんの瞳に、既に色は無かった。
燃え尽き、灰になったその表情には一切の精気は伺えない。
それは彼女が生きる目標を失ったことを……私達に知らせるには十分だった。
そうして、私とシャーロットちゃんは顔を見合わせて、互いに大きく頷いた。
そう、私達の思うことはただ一つ。つまりは――
――冒険者としてのアイリーンさんはもう駄目だと。

chapter 5

# 百式の奇術使い ～伯爵令嬢ルイーズ～
「はー、誰も来ないね」

「アイリーンさんもいきなり暁の銀翼から脱退して、冒険者を廃業しちゃったですし」

「アイリーンさんについては心の傷が深いからね。今はそっとしておこう。でも、未成年は三人一組じゃないとパーティー組めないんでしょ？」

「だからギルドで新しく募集したんですけど……」

あれから、かれこれ一週間ほどが経過している。

けれど、待てど暮らせど新規メンバー加入に乗ってきた人はいない。

私達が半ば諦めモードで溜息をついたその時――

「貴女達が暁の銀翼？　ふふ、名前もダメなら面子もダメダメな感じですわね」

そこに、縦ロールのお嬢様がいた。

銀髪縦ロールにフリフリとした衣装、若干目つきがキツイ。

とりあえずまあ、見た目的には非の打ちどころのないお嬢様がそこにいた。

「貴女は？」

「私《わたくし》は伯爵令嬢ルイーズ＝オールディス。そちらのシャーロットさんとは魔法学院中等部での腐れ縁でしてね」

「え？　そうなの？　シャーロットちゃん」

「うん。でもねマリサちゃん……」

オドオドとした感じでシャーロットちゃんは私の耳元でそっと囁いた。

「でも私……あの人苦手なんです。いつも私に意地悪なことばかり言うんです」

意地悪？　それは聞き捨てならないね。

話の展開によっては、ここはシャーロットちゃんの友達の私の出番になるかもしれないね。

「ところでシャーロットさん？」

「はい、何なんです？」

「そちらの方は？」

「マリサさんといって、私の友達なんです」

そこでルイーズさんは「はてな」と小首を傾げた。

「嘘をつきなさいな。貴女にお友達などおりません」

「できたんです！　生まれて初めて友達ができたんです！」

「嘘をつきなさいな。昼食代をオゴらなければ誰も一緒に飯を食ってくれないシャーロットさんが？」

「嘘じゃないんですっ！」

「おトイレで昼食を食べるのが日課のシャーロットさんが？」

「だから嘘じゃないですっ！」

「魔法学院の体育の授業で、ストレッチで二人一組になるときにいつも先生とストレッチをしているシャーロットさんが？」

「だから、嘘じゃないんですっ！　私にも友達ができたんですっ！」

ってていうか、シャーロットちゃんと友達になったんだけど、やっぱり私ってば大丈夫なんだろうか。

そうしてルイーズさんは私に向けてニコリと笑いかけた。

「ところで貴女？　シャーロットさんに関するこんな話をご存じかしら？」

「え？　どんな話なんですか？」

「それはね――」

◆

その日、私――伯爵令嬢ルイーズ＝オールディスは魔法学院での、学友の誕生日パーティーに呼ばれておりましたの。

「あら？　シャーロットさんは？」

「えー、呼ぶ訳ないじゃん」

「それはどうして？」

「あの子、錬金術師学科なんだけど、素材採取実習の時……スライムも倒せなかったんだよ？　殺したくないとか言って泣き出しちゃったみたいで……」

「あら、スライムを？」

「お肉も食べられないらしくて豆ばっかり食べてるし……いつもオドオドしてるし」

「優しいということではありませんの？」

「そりゃあそうなんだけどさ。まあ要は変人よね。友達一人もいないみたいで、オゴりなら一緒に食べてあげるって言ったら凄い勢いで食いついてきたし」

と、そこで玄関の呼び鈴が鳴りました。

「はいはーい」

家主の学友が玄関のドアを開くと、そこには――黒のローブを身に着け、箒《ほうき》を持った少女が立っておりましたの。

「お届け物です」

「あら？　今……流行《はや》りの魔法使いの宅配便？」

「はい、誕生日プレゼントということです。ここにサインを」

そうして荷物を受け取った学友がこちらに戻ってきましたの。

「どちら様からのお届け物で？」

私が尋ねると、学友は嫌な顔をしてこう言いました。

「ああ、シャーロットからね。誕生日プレゼントだって」

そこには手作りと思わしき、サツマイモのパイがありましたの。

そうして学友はため息と共に一言――

「私、このパイ嫌いなんだよね」

◆

私は零れそうになった涙を袖で拭いて、シャーロットちゃんに力強く抱き付いた。

「私！　私がいるからねっ！　シャーロットちゃんには私がいるからねっ！」

「うう、マリサさん……ありがとうございますなんですぅ……」

「ともかく、貴女達……パーティーのメンバーを募集しているということでよろしくて？」

「はい、そうですが？」

「シャーロットさん。これもやはり腐れ縁ですわ。困っているなら私も参加してあげてもよろしくてよ」

「でも、ルイーズさんはクラス委員長も務めていて……お嬢様ですし」

「ですから、クラス委員長として、腐れ縁で情けをかけてあげると言っているのです」

「でも、昼食代をオゴらなければ誰も一緒に飯を食ってくれない私ですよ？」

「オゴらずに一緒に食べてあげるのは私くらいのものでしたわね。勘違いしてもらいたくないのですが、私は貴族故に人から施しを受けるのが嫌いだっただけですが。それもシャーロットさんのような平民からはね」

「魔法学院の体育の授業で、ストレッチで一組になるときに余ったら私は先生と……」

「まあ、貴女とストレッチしてくれるのは先生を除けば私くらいのものだったでしょうね。勘違いしてもらいたくないのですが、貴族たるもの、ぼっちの平民に情けをかけるのは当たり前ですので。それと……私だって風邪をひくことくらい……あります。そういうときは奇数でしたわね」

「学校の帰りはいつも一人で……」

「私に……用事がある時はそうだったみたいですわね。ああ、勘違いしてほしくないのですが、たまたま帰る方向が一緒だっただけですから」

「クラスメイトにバイキンだ、バイキンだって……」

「Ｖｉｋｉｎｇ！　かっこいいじゃありませんかっ！　ああ、勘違いしてほしくないのですが、フォローの仕様がないと結論をつけて、無理やりごまかした訳ではありませんので」

「お前と一緒にいたらご飯が不味くて吐きそうになるって……」

「ええ、貴女とご飯を食べて吐かずにいられるのは私くらいのものでしょう。これも貴族として常日頃から物事に動じぬ鍛錬のおかげですね」

「ともかく、私はそんな風に一々「勘違いしないで」とか「平民」って嫌みを言ってくるルイーズさんは苦手なんですよーっ！」

と、そこで私は我慢できずにその場で叫んでしまった。

「シャーロットちゃん！　後ろー！　後ろー！　友達後ろー！」

「うしろ？」とシャーロットちゃんは小首を傾げる。

っていうか、友達いたんじゃんシャーロットちゃん。

「勘違いしてほしくない」の言葉の時に、ルイーズさんは必ず頬を赤らめていたし、昔話でも一言も悪口言ってないし、こりゃあまあ確定だね。

で、私は気になったのでルイーズさんに尋ねてみた。

「ちなみに、その誕生日の時のクラスメイトとルイーズさんは今はどういう関係で？」

「疎遠になりましたわね。ああ、勘違いしないでもらいたいのですが、あの方のあの時のシャーロットさんの扱いと……疎遠になったことは無関係ですが」

うん、その件でルイーズさんはカチンときたんだね。分かりやすいねこの人。

と、まあそんなこんなで私はルイーズさんに右手を伸ばして握手を求めた。

「暁の銀翼に歓迎するよ、ルイーズさん！」

で、ルイーズさんは私の握手には応じたんだけど、フー君を見て露骨に顔をしかめた。

「ところで――どうして犬が？」

「ああ、私の従魔だよ」

「……従魔？」

「うん、これから仲良くしてあげてね」

「……私、貴族ですので。犬のような下等生物とは馴れ合うことはできませんわ」

「マリサ？　こいつ噛んでいいか？」

「あらあら、犬が偉そうに……ああ、そうだ――ワンと言いなさい？　そうすれば頭を撫でてあげるわ」

「マリサ？　こいつ食っていいか？」

ダメ、このままじゃ喧嘩が始まっちゃう！

「噛んじゃダメ――っ！　食べてもダメ――っ！　あー、でもどうしよー！　フー君が無理だったらウチに入るのはNGだよー!?」

あわわと私があたふたしていると、ルイーズさんはしばし何かを考えて、小さく頷いた。

「……まあ、犬はできるだけ視界に入れないことにしましょう。か、勘違いしないで欲しいのだけれど、私は犬は本当に無理なので」

## サイド　ルイーズ

「猫にゃん達ーご飯だにゃー」

その日の夜。

馬小屋に戻ると同時に私はそう言った。

懐から袋を取り出して、私の馬小屋スペースで飼っている猫達に等分にイカの干し物——スルメを分けていくのでございます。

港町で……腐るほど異常発生しているイカの保存食。今、この街で一番安い食材をね。

「猫にゃん達ー、今日もしゅるめでごめんにゃさいねー。お姉ちゃん貧乏だからにゃー。スルメ安いからにゃー。我慢してにゃー」

にゃーにゃーと言って寄ってくる猫にゃん達が愛らしくて、思わずクスリと笑みが出ましたの。

と、その時——

「おい！　うるさいぞ！」

「あら、ごめんあそばせ」

隣のスペースの労働者に凄まれてしまいました。

そして――月明かりを見ながら私は思うのです。

――言えません。

――言えませんわ。

――伯爵家令嬢ルイーズ＝オールディス。

――没落し、借金まみれで馬小屋生活だなんて……シャーロットさんには言えませんわ。

――ましてや動物好きなどと……。

「口が裂けても言えませんわ！」

「しかし……」と私は思います。

お父様が隣国の王妃様と不倫なんてしなければ、こんなことにはなりませんでしたのに……。

ともすれば涙がこぼれそうになりますが、私は負けません！

ともかく、借金返済ですわね……と、私はギュっと拳を握ったのでした。

## サイド　マリサ

で、そんなこんなで暁の銀翼の初クエスト。私達は二つの依頼を受けた。

まずは肩慣らしということで、一つ目のリトルサラマンダーさんの討伐依頼だね。

討伐難度はEランクで、駆け出し冒険者としては適正ってところだ。で、これが終わったら翌日にそのまま二つ目の依頼に移行することになる。

まあ、ともかく——

私達は平原に繰り出して、今は索敵の真っ最中って訳だね。

「むっ！　リトルサラマンダーさん発見っ！」

都合良く、私達はリトルサラマンダーさんを発見した訳だけど——

「ここは百式の奇術使い《ワンハンドレッドスキルマイスター》との異名を持つ私に任せてもらいたいですわね」

「百式の奇術使い《ワンハンドレッドスキルマイスター》？」

「貴族たるもの、一芸に秀でるのではなく、ありとあらゆるスキルが必要なのですわっ！」

と、そこでシャーロットちゃんが蒼白の表情を作る。

「マリサさん？　ルイーズさんの奇術に驚かないでくださいね？」

「え？　そんなに凄いの？」

「凄いなんてものではありません。ルイーズさんは奇術という名の百式のスキルを得るために——かつて魔神と契約をしたんです」

「魔神っ!?　何だか本当に凄そうだね！」

「ええ、マジで結構ヤバいって噂の魔神なんですよ」

「えええ!?　魔神ってだけでヤバそうなのに、更にマジで結構ヤバいのっ!?」

「そうなんですよ。何しろ……奴は世界中で悪事をやっている大魔神ですからね」

「世界規模っ!?　本当にヤバい予感がするよっ！　ど、ど、どんな悪事をしているの？」

「マリサちゃん、キッチンで塩の入れ物と砂糖の入れ物を間違えて、塩と砂糖が逆になって料理が大惨事になったという話を聞いたことはありませんか？」

「話だけなら聞いたことがあるよ！　でも、どうして入れ物を間違えちゃうんだろうね？」

「それ大体その魔神の仕業です」

「大悪党じゃゃんっ！　マジでヤバい魔神じゃん！」

「そうなんですよ。幻覚魔法の応用といわれています。まあ、とにかく奴は本当にヤバいんです。で、他にも……魔神を召喚……呼び出す呪文からしてヤバいです。何しろ——」

「何しろ……？　ど、ど、どんなヤバい呪文なの？」

そうしてシャーロットちゃんは押し黙った。

そして大きく大きく息を吸い込んで彼女はこう言った。


「タッカリピト　プップルンガ　ヌピラット　パロ」


「どんな願いでも三つ叶えてくれそうな予感がする呪文だねっ!?」

「そして呼び出して開口一番の言葉がまたヤバいんです」

「ど、どんな言葉なの？」

「ええ、『さあ、願いを言え、どんな願いでも……言ってみるだけならタダだぞ』」

「言ってみるだけならタダっ!?」

「ええ、そうなんです。ヤバいんです」

「マジでヤバいじゃん！　ヤバヤバじゃんその魔神っ！」

「で、ルイーズさんは……それと契約しちゃったんです」

「そんなのと契約とかマジでヤバいじゃんっ！　大丈夫なのっ!?」

と、そうこうしている内に、ルイーズさんは単独でリトルサラマンダーさんに突っ込んで……あ、囲まれちゃったよ！

一人で突っ込むからそういうことになるんだよっ！

けれど、あれあれ？　ルイーズさんは涼し気な表情だよ？

「百式奇術の三十四――暗殺スキル：存在消失《インビジブル》！」

インビジブル!?　見えないってこと!?

しかも暗殺スキルって……いや、それって滅茶苦茶凄いスキルなんじゃないの!?　暗殺者が見えないってとんでもなく凄いし、暗殺者以前に普通に戦う系でも見えないって凄いよねっ!?

そうして私の期待の視線を受けて、微笑と共にルイーズさんはこう言った。

「このスキルを使用した者は一定時間――影が薄くなります」

ズコっと私はコケそうになった。

そして、リトルサラマンダーさん達は一瞬だけ戸惑った様子で不思議そうにルイーズさんを凝視
……あ、ちゃんと影は薄くなってるんだね。

で、一斉にルイーズさんに襲い掛かった。

「ふふ、ならばこれはどうです？　百式奇術の三十二――スキル：獣人化《アニマルパワード》！」

獣人化!?

獣の力で身体能力を爆上げして窮地を脱しようとでもいうのっ!?

と、そこでネコミミの生えてきたルイーズさんはドヤ顔でこう言った。

「このスキルは対象者に一時的にネコミミが生えてきますの」

そうして、リトルサラマンダーさん達とルイーズさんはしばしその場で睨み合う。

それはもう睨み合って睨み合って睨み合って――と、そこで我慢できずに私は叫んでしまった。

「ネコミミ生えてきたから何だっていうのよっ！」

そうして「特に意味はありませんわ」と、ルイーズさんは大跳躍《ちょうやく》をして、突進してくるリトルサラマンダーさん達からひらりと身をかわした。

そのまま、走って距離を取った彼女は杖を掲げて――

「お遊びはここまでです。スキル：強化装甲《アーマーコーティング》」

ルイーズさんを光が包み、そして彼女の服がオシャレなものに一新される。

それはそれは恐ろしくオシャレな衣装で――

「これで今年の冬の流行を先取りですわ」

「ええええっ!?」

私が驚愕のあまりにその場で固まり、シャーロットちゃんは「アイタタタ」的に頭を抱えている。

そうして彼女は自信に満ちた微笑と共にゆっくりと頷いた。

「本当にお遊びはここまでです」

すると、ルイーズさんの周囲に膨大な魔力が発生した。

同時に、今まで事態を静観していたフー君の目が大きく見開いた。

「これは……何という魔力の渦じゃ」

うん、私も分かる。今から……ルイーズさんは恐ろしい技を放とうとしている。

――これは精霊魔法レベルにして15相当バブ？　全盛期の私でもレベル14までバブというに……。

な、なんですとっ!?

前世さんよりも強力な魔法をっ!?

——スキルだから魔法とはちょっと違うバブがね。

そうして莫大な魔力の発生によって、台風のような風が周囲に吹き荒れる。

リトルサラマンダーさん達も圧倒的な実力差を感じてか、今にも逃げ出さんばかりの状況で……あ、涙目になっているね。

「百式奇術の九十九——スキル:鬼神流星爆《メテオストーム》」

掌を掲げた瞬間、周囲の温度が一気に低下していく。

——アレは不味い。

たとえ私でも、アレを喰らえばタダではすまない。

と、私が背中に冷や汗を感じていると——

「——くっ、MP《マジックポイント》が足りないですわ!」

ズコーーーっと私とフー君はコケそうになる。

そうしてシャーロットちゃんは「あっちゃあ」的にやっぱり頭を抱えている。

「くっ……ならばMPを吸い取ってくれますわ! 百式奇術の九十七っ! スキル:エナジードレインっ! ふふ、この魔法は偉大なる存在からMPを吸い取る魔法でしてね」

そのままルイーズさんは何やら呪文を唱え始めて——

「タッカリピト プップルンガ ヌピラット パロ」

「魔神から直接ＭＰ吸う感じなんだーっ!?」

「ただし、ＭＰは１×３＝３しか回復しませんけれどね。よし、ＭＰ補充完了ですわっ！」

　で、リトルサラマンダーさん達が再度ルイーズさんに向かっていった。

「ってかシャーロットちゃん、助けなくていいの？」

「あ、大丈夫ですよー？」

「え？　どうして？」

　見ると、リトルサラマンダーさん達相手にルイーズさんが「レベル７：氷結地獄《コキュートス》！」と、普通の魔法を放っていたところだった。

　火トカゲってだけあって、氷結は効果テキメンみたいだね。

　見る間にリトルサラマンダーさん達は動かなくなって、やがてその場でドスンと倒れた。

「あれ？　あれ？　どういうこと？」

「ルイーズさんは魔法学院創立以来の天才で有名だったんですよ。百式なんとか以外の魔法は凄いんですよ。魔神と契約してからは残念な子みたいな扱いになっちゃいましたが……」

「ああ、そうだったんだ」

で、その日は遅かったから野営になった。

後は夜が明ければ街に戻ってリトルサラマンダーさんをギルドに届けるだけだね。


「で、ルイーズさんは何を食べてるの？」

「スルメですわ」

「スルメ？」

「私はスルメが好きでしてね。本日のディナーはスルメとスルメのスープですわ」

「なるほど。それだけスルメが好きってことは、今日の朝は？」

「スルメですわ」

「昼は？」

「スルメですわ」

「周囲に漂うこの香りは？」

「スルメのスメルですわ」

「なるほど」

と、私が納得したところで、ルイーズさんがドヤ顔を作った。

「ところでマリサさん？」

「ん？　何？」

「百式奇術の六十二――根源の傷跡《ネームドテロリスト》というスキルがあるのですが……気になりますか？」

「根源の傷跡《ネームドテロリスト》っ!?　何それっ!?　めっちゃ気になるっ！」

「ふふふ」とルイーズさんは優雅に笑い、私の頭に掌を置いた。

「スキル：根源の傷跡《ネームドテロリスト》」

すると、私の体に熱い何かが広がっていって――うん、何かが効いたのが自覚できるよ。

「このスキルは何なんですか？」

「自動的に対象者の所有物に、根源の傷跡が刻まれます。つまりは――使用者の名前が記載されますわ」

「つまり？」

「貴女の荷物のどれかに私の名前が書かれました。つまりは私という傷跡が刻まれたということですわ」

「……」

「……」

「えーっと、つまりは私の持ち物に、ルイーズって名前が書かれていると？」

「盗賊系のスキルと言ってもいいかもしれませんわね、何しろ――私の名前が書いているのですから所有権に疑義を唱えることができます。ふふ、恐ろしい効果でございましょう？」

「……」

「ねえ、恐ろしい効果でございましょう？」

そうして私はシャーロットちゃんに「この人怖い……助けてー！」とばかりに視線を送る。

するとシャーロットちゃんが耳元で囁いてきた。

「……魔神との契約の影響なんです。あまりルイーズさんを責めないでください」

「どういうこと？」

「……百式の奇術を凄いと……思い込んでいるんです。そういう精神干渉の契約だったみたいで……」

「え？」

「実力はあるのに……奇術をやたら使いたがるのはそういうことなんです。本人は凄いと思っていますから……付き合ってあげてくださいなんです」

「えー……」

と、そこでフー君がコソコソと、やっぱり私の耳元で問いかけてきた。

「マリサ？　いいのか？」

「ん？　いいって何？」

「どう考えても残念系じゃぞ、この娘」

ふーむ……と私は考えに考えて――

「いいんじゃないの？　楽しそうだし。悪い人ではないしね」

「まあ、お前はそういう奴じゃったな」

と、まあそんなこんなで、私達はちょっと変わったメンバーを仲間に入れたのだった。


――で。

街に帰った私達はギルドでリトルサラマンダーさんを買い取ってもらった。

金貨十枚は三人で山分けして、私は宿を取ってお風呂に入って……と、そこで思わず声を出してしまった。

「あ、パンツにルイーズさんの名前が書かれてる」

根源の傷跡《ネームドテロリスト》……何て恐ろしいスキルなの。正に不意打ちテロのような効果だわ。

と、私は恐れおののいたのだった。

さて、依頼の二つ目のワータイガーさんの討伐である。

討伐難易度がそこそこ高い魔物なんだけど、まあそこは私がいるから何とかなるって感じかな。

最悪、ヤバくなっても私が戦ってフー君に二人の護衛任せればいいしね。っていうか、二人とも欠点はあるけど普通に強いみたいだし。

と、まあ、そんなこんなで川に着いた。

目的のワータイガーさんの巣のある山には、このペースだと明日の昼過ぎには到着しそうだね。

ワータイガーさんをそこでやっつけて、そんでもって野営して……街に帰るのは明日の夕方くらいになるのかな？

と、そんなことを思っていると……。

「川は深いですが流れは穏やか……泳いでいきましょうか」

とのルイーズさんの声でシャーロットちゃんが頷いた。

「え？　泳ぐの？　私……泳げないいんだけど？　浅瀬で潜ったりはできるけど、足のつかないところだったらもう無理……」

全員がギョっとした風に私を見て、そしてルイーズさんは小さく頷いた。

「まさかカナヅチとは……思いませんでしたわ」

そうして、ルイーズさんが「持ってあげますわ」と、私の背負っている荷物を全部引き受けてくれて、シャーロットちゃんが川岸に打ち上げられていた乾いた大きな流木を持ってきてくれた。

「浮き輪代わりに使えると思います」

「あ、ありがとう……っ！」

みんな優しいねっ！

っていっても、私って筋金入りのカナヅチだからね。

はたして、流木にしがみついてバタ足でこの川を渡れるだろうか？

——見たところ向こう岸まで三十メートルくらいあるよね？

『いや、でも私……やっぱり泳げる自信が……』と言おうとした瞬間、シャーロットちゃんがクスリと笑った。

「思い出しますよ。私も四歳くらいまで浮き輪を使って泳いでいたんです」

「あら？　シャーロットさんは五歳で泳げたってことでございますか？　いや、私も泳ぎは苦手でしてね。恥ずかしながら七歳まで泳げなかったのでございます」

「しかし、浮き輪って便利ですよね。どんなカナヅチでも子供でも、それさえあれば余裕なんです」

「ええ、流れが穏やかであれば、流木を浮き輪代わりにすれば……それこそ三歳とかでもいけるんじやないでしょうかしら」

ニコニコ笑う二人を見て、私はその場で引きつった笑みを浮かべた。

――言い出せないっ！

三歳の子供でも大丈夫とか言われてるこの状況で……自信ないとか言い出せないよっ！

「それじゃあ二人とも……行きましょうか」

ああこれは……もう行くしかない感じだね。

で、言い表せない不安を感じながら私は川に入って数分後――

「ゲボブブファアアア――っ！」

およそ十四歳の乙女が発してはいけない類の悲鳴を上げながら、私は必死に流木にしがみついて……思いっきり水を飲んで溺れかけていた。

「えっ！　ちょっとマリサさん、大丈夫でございますかっ!?」

と、ルイーズさんがこっちに向けて手を伸ばして泳いできてくれているけど……ダメっ！　もうダメっ！

――死ぬっ！

命の危険を感じた私はその場で四大精霊魔法を発動した。

「レベル10《レヴベベデン》：風魔大爆撃《ヒューブドルネード》」

周囲の水を風魔法で吹き飛ばし、私達全員は川の底に転がることになる。

「レベル10：真空大魔斬《ソードオブゼファー》」

対岸までの水をザッパアアアアアンっと一直線に排除し、道を形成する。

そして――

「レベル10：絶対零度《パーフェクト・ゼロ》」

川全体の水を氷結して、さっきできた道を固定。

と、そこで私は安堵のため息をついた。

いやはや、最初からこうやって道を造ってれば良かったね。

「……あわわ……川全体が凍っちゃってるんです……」

シャーロットちゃんが腰を抜かしてその場でプルプルと震えていた。

「レベル10って私……初めて見ましたわ……」

「……ルイーズさん？　か、か、かっ川で溺れただけで……どうしてこんな災害みたいなことが起きるんでしょうか……っ！」

「……私に聞かれても困りますわシャーロットさん」

と、二人は青白い表情でただただ大口を開いていたのだった。

で、対岸に到着して、かなり早い昼休憩となった。

溺れかけた私は焚き火の近くでゆっくりしていろっていう感じになって、他の二人は昼食の準備の真っ最中っていう感じだね。

しかし、いやはや……本当に死ぬかと思った。

死んだおじいちゃんが三途の川の向こう側で「こっちくんなっ！」と全力でジェスチャーしていたのが見えたね。

「おーじーいーちゃーんっ！　ひーさーしーぶーりーっ！」

「こーっーちーくーんーなー！」

「なーんーでーよーっ！」

「こーこーはー三ー途ーのー川ーっ！」

「マジでっ!?」

って、そんな感じで気が付けば私は魔法を使っていたんだ。

そうして、私達はそのまましばらく歩いて、野営することになったのだ。

◆

——夜。

パチパチと焚き火の音を聞きながら、私達は食後の団欒とばかりにガールズトークに花を咲かせていた。

と、そこでフー君がムスリとした顔でこう言ってきた。

「のうマリサ？」

「どったのフー君？」

「お主達、ちょっと我を雑に扱いすぎじゃないか？」

今、フー君は私の膝の上で寝ている訳なんだよね。

そうしてひっくり返されて、お腹をワシワシと私とシャーロットちゃんとの二人がかりで撫でられている。

ちなみにルイーズさんは「か、勘違いしないでくださいませ！　物欲しそうに見ているこの視線は私も触りたいという意味ではございませんっ！」と、誰に何を言われた訳でもなく、一人離れた場所で大声を出していた。

うん、この人素直じゃないね。触りたいならこっちにくればいいのに。

「ん？　雑にってどういうこと？」

「これでも我はこの森の魔獣の王じゃったのだぞっ！　マリサならまだしも、シャーロットに腹を触られる道理はないっ！」

「ごめんなさいなんです！　ごめんなさいなんですっ！　気を悪くしちゃったんです？」

「うむ。分かればいいのじゃ」

シャーロットちゃんが手を離し、エッヘンとばかりにフー君は鼻息を荒くしてご満悦の様子だ。

と、そこでシャーロットちゃんは瞳をウルウルとさせて――

「でも触りたいんです。触っちゃダメなんです？」

「……むう……何故に泣きそうになっておるのじゃ、シャーロット？」

「フー君は可愛いから……やっぱり触りたいんです」

「そもそもじゃな。お主らはそこの認識がまずなっておらん。我は可愛い系ではなくカッコイイ系なんじゃぞ？　魔獣界のワンワンプリンスといえば我のことじゃぞ？」

ワンワンプリンスっ!?

どう考えても可愛い系なんですけどっ!?

「でも触りたいんです。可愛いんです」

「ならんっ！」

「触りたいんですっ！　可愛いからっ！」

「ならんっ！」

「触りたいんです！　カッコイイから触りたいんですっ！」

「うむ、触っていいのじゃっ！」

瞬殺っ!?

いやいやチョロすぎるでしょっ!?　最終的にフー君がチョロく折れるのはわかってたけど、ここまでのチョロさは想定外だよっ！

「まあ、そもそも我は触られるのは嫌いではないからの」

あ、そうだったんだ。

で、一件落着とばかりに私とシャーロットちゃんは、モフモフモフモフとばかりにフー君のふわふわ毛を堪能していたんだけど——

「か、勘違いしないでくださいませ！　今からフー君をカッコイイと言うのは「あ、そんなんで触らせてくれるんだ」とか、そんな浅はかなことを思ったからじゃありませんからねっ！　ふ、ふ、ふ、フー君カッコイイっ！」

「うむ、お主も触って良しっ！」

「べ、べ、べ、別に私はモフモフなんて興味ありませんからねっ！」

と言いつつも、ルイーズさんは涎《よだれ》を垂らしてヤバイ顔になっている。

そうして恐る恐るという感じでフー君のお腹に手を伸ばして——

「ふ、ふ、ふわああ……モッフモフでございますわー！」

と、まあそんなこんなで、その日はフー君がフェンリルさんになって、三人並んでモフモフのお腹を枕にして寝たのだった。

ってか、うん、やっぱ私……フー君好きだわ。

「ふーむ……先客の冒険者のパーティーがいるみたいなんです」

シャーロットちゃんは、倒れてピクピクしているワータイガーさんを用心深く確認してからそう呟いた。

ちなみにシャーロットちゃんが言うには、この山はワータイガーさんの庭みたいな感じになっていて、巣の場所も二つ確認されているとのことだ。

「でも、どうして魔物を倒したまま放置しているの？」

「アイテムボックスみたいなレアスキルがないと持ち運びも大変ですし……まあ、よほど裕福な凄腕冒険者パーティーだと思うんです」

「にゃるへそ。でも、どうしてこんなところにそんな凄腕のパーティーがいるんだろうか……」

と、まあ、そんなこんなで私達は一抹の不安を抱きながら、ワータイガーさんの巣へと向かったのだった。

◆

で、結論から言えば、ワータイガーさんの巣穴の前で……冒険者パーティーの野営地を発見した。

既にワータイガーさんは全部討伐された後のようで、三人の男の人達が昼食をとっていたところだった。

っていうか、いいもの食べてるね。

白パンなんて男爵家でも夕食でしか出なかったよ。干し肉とかも見た感じからしていい奴だし。

「あ、ヨアヒムさん！　お久しぶりなんです！」

「おうシャーロットじゃねーか。親父さんは元気か？」

「はい、元気なんですよ！」

「お前は変わらないな」

ヨアヒムさんはそう言うと、「ガハハ」と笑った。

「しかしヨアヒムさんは凄いんです。三年前までウチのギルドのエースで……中央に舞台を移してからも大活躍だとか」

「まあ、上には上がいるってのは感じるが、それでもやっぱり俺は俺だな。向こうでも準エース級だぜ」

「それは凄いです。ところで……どうしてヨアヒムさん達はこんな田舎でワータイガーさんの巣をつぶしているんでしょうか？」

コクリと大きくヨアヒムさんは頷いた。

「ケルベロス……災害級の魔獣個体の出現が確認された」

「……ケルベロスじゃと？」

と、そこでフー君がヨアヒムさんに何かを尋ねようとして――

――フェンリルって結構アレな存在っぽいし、ややこしいことになるからフー君は目立たないでね。

願いを込めて頭をポンポンとするとフー君はおとなしくなった。

「ケルベロスは縄張りを荒らされるのを嫌うからな。ワータイガーはうってつけってなもんで、巣をつぶして奴が出てくるのを待ってるんだ」

「なるほど」

まあ、大体の事情は分かったよ。

しかし、面倒そうなことになってきた感じだね。

「ヨアヒムさん、私達はワータイガーさんの討伐依頼を受けているんです。もう一つの巣の方は私達が討伐しますが、構いませんですか？　ああ、私達は七匹の依頼で……巣を丸ごとみたいなことではないです。もちろんヨアヒムさん達の邪魔にならないようにこっそりとやりますので」

「残念だったな」

「と、おっしゃいますと？」

「すぐにケルベロスが出てくれば構わねえ。が、今は様子を見てる最中でな……これでも足りなきゃ、もう一つの巣も潰して奴の縄張りを荒らさないといけねえんだ」

「んー……魔物の討伐は早い者勝ちですよね？　本来的には私達はこのまま巣に向かってもいい訳ですし……」

「あ？　俺らの邪魔するっつーのか？　こっちにはこっちのやり方があるんだ」

「アァ？」って感じで顎をシャクレさせて、半白目でシャーロットちゃんに食って掛かった。

ってていうか、かなり無茶苦茶な性格っぽいね、この人。

「……勘弁してくださいなんです。私達も一応依頼受けてる訳ですし……それじゃあこうしましょうか。ヨアヒムさんがもう一つの巣を潰す際に私達も連れて行ってください。共同作業ということでぜひともお願いするんです」

と、そこで近くで食事をしながら話を聞いていた魔術師さんが声をかけてきた。

「シャーロットだったか？　まあ、お前についてはギルド長の娘と聞いている……田舎の大将とはいえ、邪険にするのも面倒だ。荷物持ちとしてであれば同行も許可しよう。邪魔をしないなら七匹程度なら討伐も認める」

「マリサさんとルイーズさんは？」

「……といいだ」

「……？」

「足手まといだと言っている」

そうして三人はゲラゲラと笑い始めた。

「中央王都でもそれなりに名の通った誉れ高きパーティー。白龍の剣といえば私達のことだ。いくらギルド長の名前を出されたからといって、言われるがままに雑魚の小娘達の同行などすればいい恥さらしよ」

「そのとおり。俺は撲殺鬼《モーニングスター》のヨアヒム……Aランク下位だぜ」

更に続けて魔術師さん。

「同じくAランク最上位……百識の魔術師《ワンハンドドレッドマイスター》のマーリンといえば私のことです」

続けて、白マントの男が頷いた。

「返り血の朱外套……クリフォード。Aランク最上位となる」

最後の人……ただものじゃないねっ！


――返り血っていう名前なのにマント真っ白だもんっ！


しかもこの人だけ読み仮名《ルビ》ないもんっ！

と、私が強者の予感に恐れおののいていると、最後にヨアヒムさんがドヤ顔でこう言った。

「そしてリーダー。東方出身、千里眼《イージス》のキクリ……Sランク。まあ、今は不在だがな」

と、シャーロットちゃんが小首をかしげてヨアヒムさんに尋ねる。

「あの……キクリさんっていうのはどちらに？」

「今はケルベロスの索敵で外に出ているな」

「千里眼……過去の転生者がイージスシステムと名付けた特殊スキルですね。ああ、なるほどなんです。素敵担当さんなんですね」

「そりゃあもうとんでもねえぜ。奴は東方の秘蔵の術式……チャクラという不思議な力を使って色んなことができる。例えば、奴は見ただけでなんとなく敵の力量が分かるようでな。まあ、ともかく……おかげで俺達の負傷率は異常に低い。重傷以上に至ってはゼロだ。本当にキクリ様様だぜ」

と、そこでシャーロットちゃんは振り向いて、私達にアイコンタクトを取ってきた。

どうにも依頼達成のために、自分だけでも荷物持ちとしてこの連中についていくって感じだね。

まあ、古い知り合いみたいだし、ここで揉めても仕方がないかと私は頷いた。

「それじゃあ荷物持ちということで同行するんです」

「じゃあ分け前の説明だ。魔物の素材の金は全部こっち。依頼達成報酬についても人数の頭割りで四分の三は俺らがもってくからな」

言葉を聞いて、シャーロットちゃんの顔から血の気が引いている。

ルイーズさんも顔を真っ赤にして怒っているみたいだし……。

うん、めちゃくちゃに足元見られてボッたくりみたいな感じみたいだね。

「ヨアヒムさん、それは酷いんじゃないでしょうか？　魔物の素材のお金は百歩譲るにしても討伐依頼を受けたのは私達なんですよ？」

「一人前の口を利くようになったじゃねえかシャーロット？　そもそも動物を殺すこともできない、足手まといのお前に分け前をやるだけでも感謝してもらいたいくらいだぜ」

「いや、ワータイガーさんの群れには高確率でワータイガーゾンビさんがいるんです！　そこについては役立てます！　そ、それにマリサちゃん達を連れて行かないとか無茶苦茶言ってますし！」

「そんな雑魚を連れて行けって？　冗談もほどほどにしやがれ！」

　と、そこでルイーズさんが口を開いた。

「先ほどから黙って聞いておけば……この伯爵令嬢ルイーズ＝オールディスを雑魚呼ばわりとは！　不敬ですわっ！」

「不敬？　なんだこの銀髪縦ロールはっ！」

　と、そこでルイーズさんが微笑を浮かべた。

「百式奇術の十二――魔都饗宴《パンデモニウム》」

「何だテメエ!?　スキルを使いやがったのかっ!?」

「ふふふ、私の魔都饗宴《パンデモニウム》にかかりましたわね？」

「な、な、なんだ!?　昔に悪魔の呪いを受けた時の感覚と一緒だ……っ！　貴様っ！　貴様っ！　俺に何をしやがったっ!?」

「ヤバイぜヨアヒム！　悪魔の呪いには精神汚染の効果がある！　このままじゃお前は……タダじゃすまないかもっ！」

　コクリとルイーズさんはすまし顔で頷いた。

「ふふ、小娘と侮りすぎた罰ですわね。この技を受けた者は――」

「受けた者は……俺はどうなるんだっ!?」

ルイーズさんは押し黙った。

そして大きく息を吸い込んで彼女はこう言った。

「口の中で悪魔の饗宴が始まりますわっ！」

「くそっ！　何だこれは！　ピーマンの味が口の中で……ぐわあああああ！」

「ヨアヒム！　大丈夫かっ!?」

「俺は子供の時からピーマンが苦手なんだよっ！　シイタケくらい苦手なんだっ！　無理なんだっ！」

「重ねがけですわっ！　喰らいなさいっ！　百式奇術の十二――魔都饗宴《パンデモニウム》っ！」

「ぐわあああっ！　シイタケとピーマンの野菜炒めの味が口の中で大暴れしてやがるうううううっ！」

そうしてヨアヒムさんはその場で口を押さえて倒れ、次に白マントの男がルイーズさんの前に出てきた。

「な、なんて奴だ！　ヨアヒムを制する呪いを使うとは……っ！」

「お次はこれでございます。百式奇術の三十四――暗殺スキル：存在消失《インビジブル》！」

インビジブルっ!?

確かそれって影が薄くなる奴だよねっ!?

「このスキルを使用した者は一定時間――影が薄くなります」

そうして白マントの男は驚愕の表情を作った。

「この影の薄さっ！　学生時代に虐《いじ》められていた我が――休み時間に意図的に発していた空気に似ておるっ！」

そのまま白マントの男の表情から血の気が引いていく。

「何という嫌なことを……思い出させるのだ……」

そうしてプルプルと震え、頭を抱えて白マントの男はその場で膝をついた。

ってか、えええええっ!?　普通に二人をマジで無力化しちゃってるよっ!?

「さあ、残りは貴方だけですわ」

「精神攻撃で上手く二人を制したようだが、私――百識《ワンハンドレッド》の魔術師《マイスター》のマーリンはそう簡単にはいきませんよ！」

「ふふ、ならばこれはどうです？　百式奇術の三十二――スキル：獣人化《アニマルパワード》！」

それってネコミミが生えてくる奴だよねっ!?

「ふふ、こんなこともできますのよ？　マリサさんに――スキル：獣人化《アニマルパワード》！　そしてシャーロットさんにも――スキル：獣人化《アニマルパワード》！」

えええええっ!?

私とシャーロットちゃんにもネコミミが生えてきたよっ!?

そうして、ネコミミの生えてきた私達を見てマーリンさんは頬を赤らめて――

「可愛くて……攻撃ができん。いや、それどころか……怒りが消えていく……」

で、やはり、頭を抱えて、マーリンさんはその場に蹲《うずくま》った。

「さあ、これで最後です。スキル：強化装甲《アーマーコーティング》」

ルイーズさんを光が包み、そして彼女の服がオシャレなものに一新される。

それはそれは恐ろしくオシャレな衣装で――


「これで今年の冬の流行を先取りですわ」


「な、なんてオシャレな奴なんだ！　ただ者じゃねえっ！」

「影が薄いのにオシャレには気を遣うだとっ!?　正に昔の我……っ！」

「オシャレ……っ！　猫耳……っ！　可愛い……っ！」

と、そこで何故だかシャーロットちゃんの血の気がどんどん引いていく。

「私も友達いないのにオシャレにばかり気を遣っていたんです……」

そうしてシャーロットちゃんはその場に蹲り、嫌なことを思い出しているように苦痛に顔を歪める。

「味方にも効いちゃってるよっ！」

百式奇術……な、なんて恐ろしい技なのっ!?

「ルイーズさん！　やめてくださいなんです！　影が薄いのは禁止なんです！」

「しかし、スキルを解くとこの連中が……」

「やめてくださいなんです！」

「しかし……」

あわわ……。

このままじゃ、暁の銀翼の仲に亀裂が入ってしまう危険がある。

アリの一穴から堤防が崩れるって聞いたこともあるし、こんなことから大事に至ってしまうというのもよくある話だ。

私としてはみんなで仲良くオヤツを食べたり美味しいものを食べたり、のほほんとしたほのぼの系でやっていきたい。

さあ、どうするか……と、私が慌てていると――

「まったく、私が不在の間に……喧嘩？　はあ……まったく何をやっているの？　あなた達は？」

巫女がいた。

二十代後半の黒髪ロングの……東方の巫女さんがそこにいた。

緋袴《ひばかま》と白衣ということで、昔に何かの本で見たことのあるとおりの格好だ。

どうやら、これがこのパーティーのリーダーのキクリさんということらしいね。

っていうか、すっごい綺麗な人だなー。

黒髪とキツそうな目つきで、胸は控えめだけど手足が長くてスラっとしてる。

クールビューティーって言葉がこれほど似合う人もいないだろう。

「ケルベロスの前に……人間同士で揉め事とは……まったくもって西洋の冒険者は血の気が多くて困るわ――なっ!?」

と、キクリさんは私を見ると同時に、大きく大きく目を見開いた。

続けざまキクリさんの黒目が朱色の瞳に変わって、更に大きく目が見開かれて、しばらく「あっ……あっ……」と絶句して――

「……あなた……一体……何なの？」

キクリさんの冷や汗まみれの青い顔を見て、ヨアヒムさんと残り二人がキクリさんに言葉をかける。

「キクリ？　どういうことなんだ？」

そうしてゴクリと唾を飲んで、キクリさんは再度私の顔をマジマジと凝視する。

「あなた達……アレを相手に揉め事を起こそうとしていたの？」

三人は不思議そうに首を傾げ、そして「はてな？」と疑問の表情を浮かべた。

「なあに心配するな。喧嘩になったとしても俺達四人の敵じゃねえ」

そこでブンブンとキクリさんは首を何度も何度も左右に振った。

「いや、私は千里眼で……相手の力量が何となく分かるのよ」

「キクリ？　さっきから何を言っているんだ？　あんなちんちくりんの小娘が何だって言うんだよ？」

「あのね？　一つ問いたいのだけど……」

キクリさんは大きく息を吸い込んで息を吐く。

しばしの深呼吸の後、キクリさんは――

「あなた達には……アレが本当に人に見えるの？」

と、震える指で私を指差したのだった。

# chapter 6 マリサとケルベロスとベヒーモス

## サイド 蘆屋菊莉姫《あしやのきくりひめ》

私の本名は蘆屋菊莉姫。

倭の国……朝廷専属の陰陽師の家系となる。

宮廷内のイザコザで国を追放されたのが十六歳の時で、そこから西へ西へ流れに流れ——

実力さえあれば門戸不問の冒険者ギルドには本当に世話になった。

国を追われた私にとって、ギルドといえば第二の家族であり、故郷だった。

そうして、ある種の感謝と共に先祖代々の秘術を使い、私は旅の最中に冒険者ギルドランクをどんどんと上げていった。

そして今——

私はSランク下位となり、現役を退けば、既に幹部としての席も用意されている。

地方ギルドであればギルドマスターの補佐程度か。

まあ、その程度にはギルドに尽くしてきたし、私自身も長らく私の面倒を見てくれたギルドに感謝もしている。

今回のケルベロスの討伐を終えれば、そろそろ現業を卒業して組織の幹部として生きるか……その決断をしようと思っていた。

そして、私は出会ってしまった。

いや、この身に宿す魔眼……千里眼《イージス》の力で気づいてしまった。

——人の皮を被った……魔王とでもいうべきものに。

## サイド　マリサ

で、何かよくわからないけど、ひたすらビビってた感じのキクリさんに事情をかくかくしかじかと説明した訳なんだけど——

「覚醒者……？　実力的にはここのギルドマスターに劣るですって？」

そんな馬鹿なとでも言う感じでキクリさんは、うさんくさげな感じで私に視線を向けてきた。

「まあ、そういうことになってます。ギルド長さんがSランクで、私がそれ以下なのは間違いないので」

「ふむ……にわかには信じがたいけれど……」

何やらキクリさんは考え込み始めて、そうして大きく頷いた。

「悪いけれど、それじゃあSランクとしての権限で宣言させてもらいますね」

「宣言？」

私が小首を傾げると、大きくキクリさんは頷いた。

「ええ――中央ギルド本部選抜試験の開始を……ね」

「中央ギルド本部選抜試験とおっしゃいますと？」

「ええっとね……ギルドっていうのは世界的な組織な訳なのよね。そうして、それぞれの国に本部が置かれていて、更に街やエリアごとに支部が置かれているの」

「ふむふむ」

「高ランク難易度の魔物なんかの場合はギルド支部じゃあ手に負えないってなもので、その国の中央本部の高ランク冒険者に仕事が振られるのよ」

「なるほどー」

「で、現地のギルド支部の子達に荷物運びや露払いなんかのお手伝いをお願いすることがあるのだけれど、その際に優秀な者を発見することがあるのよね」

「あ……ひょっとして？」

「そう、それで私みたいなSランク以上……つまりはギルド幹部としての資格がある者は、半ば義務として……その者が中央ギルドの適格者だった場合は報告しなければならないの」

キクリさんはニコリと笑い、私は不味いなー……と思う。

しばらく暁の銀翼として動いて、最低限の常識を学んだ後ならまだしも、今、それをやられて中央に連れて行かれるのは非常に困る。

実際に、ヨアヒムさん達はかなりロクでもない人達だったしね。

私は世間知らずで、人の悪意というものに慣れていない。何でも信じちゃうみたいな癖もあるし、今のままで……私の力というものを公に人に見せるのは良くない。

それに、そもそもが私は自由きままにやりたいしね。

中央で高ランク冒険者とかにでもなっちゃったら、気楽なのんびり生活なんて送れそうな気がしない。

さて……と私は思う。

どうやって、キクリさんの試験を上手いことかわすことができるのか……と。

「それで試験っていうのは？」

「あなたはソロではなくパーティーとして動いているのよね？　それじゃあとりあえずはパーティーとして動けばいいわ」

と、そこで私の頭に電撃が走った。

えーっと……シャーロットちゃんは動物を傷つけることができないだけで実力がある。

で、今後は真面目にギルドの仕事もやることをギルド長さんと約束しているんだよね。

彼女自身もギルドの仕事に前向きになっている……まあ、最終的には錬金術師さんになるんだろうけど、経験としてギルドの高ランクの世界には興味はあるようだ。

あと、ルイーズさんも何故か知らないけどギルドランクを上げたがっている。あと、百式を除けば実力も高いしね。

——そして私はのんびり主義者。

っていうか、パーティーとしての実力を見られるなら、二人にとっては大チャンスじゃん。

いやはや、その意味では私の勝手な都合で二人のチャンスを潰す訳にもいかないよね。

と、なると……ここはパーティーとして手柄を立てて、私はあくまでも目立たないようにサポートして、基本は二人の手柄にしたらいいんじゃない？

それで、実は凄いのは二人だったっていうオチで……私は全然大したことないみたいな？

あ、イケる！

絶対コレいけるよっ！

そうして私は大きく頷き『基本路線は決定した』と、ニンマリとほくそ笑んだのだった。

# サイド マリサ＆キクリ

マリサは自信に満ち溢れた表情でこう言った。

「それでは中央ギルド本部選抜試験に喜んで志願します」

『二人の出世の大チャンスだもんっ！　私はサポートに徹して、絶対に目立たないけどねっ！』と、マリサは鼻息を荒くしている。

「なるほど……やる気は十分みたいね」

「むしろ……やる気は天元突破ですっ！」

「頼もしい限りだわ。それで討伐についてはケルベロスということになるけれど、大丈夫？」

「問題ありません。こちらのシャーロットちゃん……じゃない……えーっと……シャーロットとルイーズは私なんかよりもぜんぜん凄いですから。ケルベロスなぞ……恐れるに足りずです」

『ほう、なるほど』とキクリは思う。

どう考えても規格外に優秀なのはこの娘……ただ一人。

確かに二人も優秀に見えるが、ケルベロスの相手はあの二人には荷が重過ぎるのは誰の目にも明らかだ。

っていうか、この娘が田舎のギルドマスター以下の力量など……到底信じられない。

ともかく、二人をやたらに推してくる……マリサの言葉の真意はどこにある？

と、思うと同時に『あ、なるほど』とキクリは手を打った。

――つまりはこの娘は他人を……立てているということ？

『協調性良好』と、キクリはマリサの評価を上昇させた。

若くしてこれだけの力を持つ者は傲慢《ごうまん》になりやすい。冒険者とはパーティーで仕事をすることが常となる。

そうであれば、共にパーティーを組む仲間との協調性は、ある意味では戦闘能力と同等に大切な能力だ。

しかも、自分よりもはるかに格下の人間を前面に押し出し、自分を殺すなど……中々できることではない。

「キクリさん。私なんてまだまだ小娘です。この二人がいないと……何もできないひよっ子なんですっ！」

キクリの人間観察眼がキラリと光った。

――やはりこの娘……間違いなく協調性が高いっ！　ここまで他人を立てるこの娘が……どんなパーティーに放り込まれたとして、揉めている姿なんて想像できないっ！

そもそもがヨアヒムを筆頭にして、高ランク冒険者は選民思想の者ばかりで、協調性の低い性格破綻者が多いのだ。

このあたりは長く冒険者ギルド幹部が頭を抱えているところでもある。

これはとんだ拾い物かもしれないわ……とキクリは思い、マリサに更に尋ねた。

「もしも、その二人ではケルベロスが手に負えなかったら？」

「私もフォローをします！　絶対に何とかなりますっ！　この二人がギルドのために全力で戦いますのでっ！　それはもうギルドのために命がけでっ！」

マリサの鼻息の荒さに、キクリの人間観察眼が再度光った。

――ギルドのために命がけ？

そしてこの鼻息の荒さ……っ！　この娘の言葉……間違いなく本心っ！　ギルドへの忠誠心も良好っ！

と、キクリは『この娘は素晴らしい……』と、思わず頬を緩めてしまった。

そうして、そんなキクリの笑みを見てマリサは『よしっ！　好感触っ！　どうやら二人の出世のアシストは今のところ完璧みたいだねっ！』と更に鼻息を荒くした。

――やはりこの鼻息っ！　本当にやる気満々というところねっ！　マリサのギルドに対する熱意と熱気に……私まで心が躍ってくるわっ！

キクリの中でマリサの評価は完全にうなぎのぼりだ。

「それで、戦力はどれほど必要？　私達のパーティーの誰かを貸せといえば貸すわよ？」

「私達三人で十分かと。ここに凄腕が――いますからっ！」

『ドヤっ！』という感じで、マリサは二人の背中に掌を置いて、自分より前に押し出した。

そうして、キクリは思う。

戦力にならない二人を引き連れて、援軍は要らない――

――つまりはケルベロスなんて自分一人で十分であると？　本当にとんでもない子ねっ！

そこでキクリは「フフっ」と声に出して笑ってしまった。

蛮勇……いや、この子に限ってはそれはない。

つまりはこれは――


――これが将来の英雄の器……か……と。


「全く、末恐ろしいわね？」

「ええ、この二人は本当に末恐ろしいですよ」

いい加減に二人を立てるのもしつこいだろうとキクリは思う。

けれど、愛らしい容姿のこの子に――ここまで立てられて嫌がる者はいない。

この態度が……計算じゃないとしたら、今後……年上の冒険者からは可愛がられるのは間違いない。

そして、狙ってやっているとしたら……相当に頭がキレるということ。

へりくだるということの大切さを、この年齢で完璧にわかっていること。

いや……まず間違いなくこの態度は狙ってやっているわね。

ふふ、本当に末恐ろしい子ね。数年後には私と立場が逆転しているとしても驚かないわ。

『とんだ拾い物をしたものね』と、キクリが感嘆のため息をついたその時――

「それでは試験と……その後の中央への推薦については適切な形で願います」

とのマリサの言葉を受け、ならば望みどおりに……とキクリは言った。

「マリサ？　それではケルベロスの討伐……あなた単独での遂行を命じるわ」

「はい。了解しました」

『これで後は自分がアシストしてパーティーとしてケルベロスさんを討伐すれば、二人の出世も決まったようなものねっ！』と、勢いで大きくマリサは頷いて――

「……ん？」

しばし、キクリの言葉の意味を考え、そうしてマリサは思ったのだった。

――どうしてこうなったっ!?

と、そんなこんなで私達はケルベロスさんをおびき出すために、ワータイガーさんのもう一つの巣穴に向かうことになった。

キクリさんはパーティーをちゃんと仕切っているようで、ヨアヒムさん達は彼女の言うことをよく聞くみたいだ。

で、彼女達は余計な手出しは一切せずに、私達が報酬を受け取るということで話もついた。

そうして巣穴に到着した私達は、ワータイガーさんの巣穴に殴り込みを仕掛けようとしたんだけど

――


「それじゃあ私単独で行くね。みんなは見てるだけでお願いするよ」

みんなで大きく頷いたところで、お腹に隠れていたフー君がシャツと鎖骨の間からひょっこりと顔を出した。

いや、飛び出てきた。

しかも、仔犬の擬態を解いて……フェンリルさんバージョンになったんだ。

「ケルベロスじゃな？　ならば縄張りを荒らして刺激するなぞ……必要ないぞ？」

と、そこでヨアヒムさん達が慌てて武器を手に構えた。

「ひいっ！　フェンリルっ！」

「どーなってんだよこの山はっ！　ケルベロスだのフェンリルだの……厄災のバーゲンセールかよっ！」

「フォーメーションＢ！　態勢が整っていない状況では迎撃不可っ！　撤退だっ！　キクリっ！　指示をくれっ！」

「落ち着きなさいっ！　状況をよく見れば分かるでしょうっ!?　フェンリルはマリサの従魔よ！」

そしてキクリさんはゴクリと唾を飲み込んで、恐る恐るという感じで私に問いかけてきた。

「あなた……ソレは？　従魔ってことでいいのよね？」

「はい……私の従魔です」

そこでヨアヒムさん達三人が驚愕の表情を作った。

「従魔……？　フェンリルを？　あの年齢で？」

「ありえねえだろ……？」

「古今東西、あの年齢でフェンリルを従魔にするなど……聞いたことがありません」

キクリさんが小刻みに震えながら口を開いた。

「とんでもない子だとは思っていたけど……まさかそれほどとは……」

と、そこで四人はその場でヘナヘナと尻餅をついた。

で、当のフー君はみんなが恐れ入っている状況が嬉しいのか、ゆっさゆっさと尻尾を揺らしている。

「ふむ。貴様らはマリサとは違って我の扱いを心得ておるようじゃの」

そうして、コホンと咳ばらいを一つ。

「話を本題に戻そう。ケルベロスじゃがな、アレは我とは腐れ縁なのじゃ」

「腐れ縁っていうと……どういうこと？」

「三千年の昔、我とケルベロスはここいらのナワバリでの覇権を争うライバルじゃったのじゃ」

「なるほど。それでこれ以上の刺激は必要ないってどういうこと？」

「ライバル故に、奴の臭《にお》いは……この鼻が覚えておる」

にゃるへそ。

それは凄い説得力あるね。

と、私が大きく頷いたところで——

「危ないっ！」

私はルイーズさんを小脇に抱えて斜め前方へ大きく跳躍《ちょうやく》していた。

「ちょっ、マリサさんっ!?」

そうして、大きな樹木の幹を何度か蹴って、立体軌道で森の中を五十メートルほど移動して後方へと向き直る。

シャーロットちゃんも私に遅れて一秒程度で跳躍し、そして……キクリさん達もシャーロットちゃんに少し遅れ、その場から跳んでいた。

まあ、そのあたりはさすがは中央の凄腕の冒険者達ってところだろうね。

っていうか、シャーロットちゃんはやっぱり、アンデッド以外無理という欠点さえなければ超一流の剣士さんなのは間違いないだろう。

で、元々私達がいた場所には——件《くだん》のケルベロスさんが佇んでいた。

体の大きさはフー君くらいで、頭は三つもあって涎《よだれ》がボタボタ垂れている。

口の中の牙の一個一個が腕の肘から指先くらいまであって、あんなのに噛まれたら普通の人間なら一撃だろうね。

で、遠くに見えるシャーロットちゃんの顔から血の気が引いていて、キクリさん達にしても実物のケルベロスを見て狼狽《うろた》えている様子だ。

「おい、キクリ？」

「貴女の千里眼にはあのケルベロスはどう見えます？」

「あれはただのケルベロスではないわね。進化直前の極めて危険な個体……Sランク上位相当。私達では狩れないわ」

うん、同感だね。

——アレは強い。

初めて会ったときのフー君か、あるいはそれ以上の強者の圧力を感じるよ。

そうして、フー君はケルベロスさんのところにゆっくりと歩いていって——

「ふふ、久しいさね、魔狼王《フェンリル》」

「ああ、久しいな、三頭王《ケルベロス》」

そうして、二頭はブルブルと武者震いと共に狂喜の笑みを浮かべた。

「三千年前の決着……今、ここでつけることにするさね？」

「ああ、そうしよう。あの日、魔狼族と多頭族の最終決着……その前に人間に捕まってすまなかったの。真なる強者を決定し、森の王を決める神聖なる牙の儀式……三千年の時を経てここに今……約束を……な」

「過ぎたことは謝るもんじゃないさね。いや、少しでも謝罪の気持ちがあるのであれば――アンタの全身全霊の牙をもって、アタイの牙に応じなっ！」

ふーむ。

どうやら因縁の二頭って感じみたいだね。

そうしてケルベロスさんがフー君に襲い掛かって――

――速いっ!?

いや、最初に私と戦った時のフー君よりも絶対に速いよこれ？

けど、ケルベロスさんに躍りかかられそうになったフー君は――

――更に速いっ!?　いや、速すぎるよコレっ!?　今の私でも目で追うのがやっとって感じだよっ!?

どーなってんのコレ!?

そうして、フー君はケルベロスさんの背後に回って、爪でその胴体を横殴りに殴った。

バギギギギギギギギズド――――――ンっ！

けたたましい音と共に樹木を百本くらいなぎ倒してケルベロスさんは吹き飛んでいく。

いや……いやいやいやいやいやいや。

本当にどーなってんの？

もうフー君、ほとんど怪獣みたいなノリでめっちゃ強い……っていうか強くなってんだけど？

だって、今の一撃……モロに食らったら、前回とは違って私でもダメージ食らうよ？

前はスピード一辺倒って感じだったけど、今はパワーも全然違う。

――あれはまともに貰うと良くないバブね。

ほらっ！　前世さんも私と同じ意見だしっ！

と、それはさておき、間違いなくフー君は強くなってて、本当にフェンリルさんっていう感じになってる。

一体全体どーなってんのっ!?

「魔狼王よ……アンタに一体……何があったさね？」

「さあ、我にもよくわからんが、ともかく……今日は体の調子が至極いいな」

そうして、プルプルと震えながらケルベロスさんは立ち上がり、せき込むと同時にその場でヨロけて倒れそうになった。

「っていってもアンタ……調子がいいとかいう次元じゃなくて、強くなりすぎさね？」

「いや、といってもな？　我にもよくわからんのじゃ」

「グフっ……。ともかく……一撃でやられるなんて……想定外にすぎる……さ……ね……」

ドシーンッとケルベロスさんが倒れ、「ええっ!?　もう終わりっ!?」と私は絶句した。

と、そこでキクリさんがプルプルと震えながら口を開いた。

「あれは……従魔進化？　フェンリルから……神狼へと……？」

「従魔進化？」

「従魔契約の際……飼い主の力の一部を授かり、魔獣は強くなることがあるのよ。まあ、飼い主が強すぎるということが条件になるのだけれど……」

えーっと……つまり……そういうこと？

フー君がとっても強くなっててビックリして、一体全体何が起きてどーなってんのって――

――私のせいだったみたいだよっ！

◆

「それではトドメを刺すさね。負けた獣は死ぬのが定め……」

と、そこでフー君はケルベロスさんに向けて優しい笑みを浮かべた。

「三頭王よ。この森は……お前に任せたのじゃ」

そこでケルベロスさんは大きく目を見開いた。

「ちょっとアンタ……どういうことなんだい？　神狼になったアンタがこの森を治めるのが一番いいに決まって――」

「我はいかねばならんのじゃ」

フー君は私のところに近寄ってきて、頬をベロリと舐めてきた。

うぅ……フー君じゃなくてフェンリルさんにそれやられると、正直……ちょっと怖いです。

だって、フー君の舌って私の身長くらいあるので……。

そうして、ケルベロスさんは私に視線を向け、全てを察したように頷いた。

「魔狼王よ。アンタは……その娘を主と認め、それが故に力を得たんだね？」

「恐らくはそういうことじゃ。我は王として生きるのではなく、主と共に生きるのじゃ」

「ふふ……それではこれで今生の別れさね」

「引き留めんのか？」

「はは、親友の門出を引き留めるバカがどこにいるんだい？　この地の魔獣はアタシに任せるさね」

二頭は大きく頷き、続けざまケルベロスさんは「ウオオオオン」と鳴いた。

すると、森の奥から……身長三メートルくらいの巨大な黒虎っぽい生き物が出てきた。

黒い体躯は筋骨隆々で、一本の角は尖っていて巨大だ。

「こやつは？」

「神獣であるベヒーモスの幼体さね」

「殿下の……？」

「ああ、アンタのところの総大将だった男の……娘さ」

「……殿下は？」

「一年前に神界で大きな戦があってね。それ以来帰らず……さ。大戦の前にこの地を任されたアタシはこの娘を預かることになったんだ」

「そうか。殿下は……亡くなられたのか。ヴァルハラのお供に逝くことができなかったことは残念じゃが……」

「今のアンタには新しい主がいるだろうに」

「ふっ、それもそうじゃな」

「そして、あの男の忘れ形見……預けるには一番の懐刀だったアンタ以外にはいないさね」

「ああ、そのとおりじゃ」

凄い。

ビックリするくらいに私が蚊帳の外で話が進んでいる。

「あ、あの！　待って待って！　ちょっと待って！　この子……幼体っていっても三メートルくらいあるじゃん？　一緒に連れていける訳ないじゃん？」

「しかしマリサ、こやつは我の……」

「いや、何となくの事情は分かるけどさ！　でも、私にも都合あるしさっ！」

「ふむ、大きいのが良くないのか？」

「うん、とりあえず大きすぎだよ！」

フー君はベヒーモスの幼体に視線を送った。すると――

――バフンっ！

ベビーモスちゃんが煙に包まれて、そして煙は一瞬で晴れた。

そうして、見るとそこには……仔猫がいた。

それも可愛らしい黒猫ちゃんがいたのだ。

まるっとした耳がピクピク震えて、つぶらな瞳……一角ツノも愛らしい。

フェンリルさんじゃない時のフー君よりも一回り小さくて、完全に手乗りサイズだ。

それはもう眺めているだけで頬が緩んでしまう感じで……。

――あ、これはいかん。

尻尾をピンと立てて「にゃあ」と鳴く声に、私は思わず仰向けにひっくり返してお腹に顔をうずめたい衝動に包まれる。

――でも――ダメっ！

もともと、フー君も私に無理やりついてきてる感じだし、これ以上やったら……チョロすぎる奴みたいになっちゃう！

だから、ダメっ！

「ごめんね。大きさの問題だけじゃなくて、私はこじんまりとした小さい世帯で旅をしたいんだよ。このまま家族が増えちゃうと収拾がつかなく……」

私の言葉で仔猫の黒猫ちゃんは小首をかしげて——

「まーりさー」

喋《しゃべ》った!?

いや、フー君が喋るんだから分からなくもないか。

「ぼくいっしょにいきたいきゅー。まりさとふぇんりるのおいたんといっしょにいきたいきゅー」

「採用」

いや、語尾がキュはダメでしょ。

舌足らずなのも反則でしょ。こんなのお腹に顔面を押し付けてモフモフするしかないでしょ。

ってか……ああ、もう……この場にいる全員にチョロいって思われちゃったよ、とほほん。

そして私は——

「どうせチョロイですよーだっ！」

ヤケクソになりながら、そう叫んだのだった。

サイド

# キクリ

どうやら、マリサ……いや、マリサ様はフェンリルの最終進化である神狼の飼い主であるようだ。

更に、神獣であるベヒーモスの幼体までにも懐かれた。

――モンスターテイマーとして超一流どころか伝説級……いや、神話級なのは明白だ。

本来的に、所詮はSランク下位ごときである私が、マリサ様と対等に口を利ける訳もない。

そして、もうこれは間違いなく……この御方は訳アリだ。

――それも超ド級の訳アリだ。

とりあえず、モンスターテイマーとしてSランクオーバーなのは確定となる。

でも、しかし……何故にこのような御方がこんな田舎のギルドに……？

天上人の思考は、時に凡人には推し量ることすらかなわない。

そうして、話の流れからベヒーモスの幼体までも従魔にすることにした彼女は、何故かヤケクソ気味にこう叫んだ。

「どうせチョロイですよーだっ！」

当然、彼女以外の全員はあまりの規格外の事態にドン引きなのだが……チョロイとはどういうことなのだろう？

はたして……と、その言葉の意味を考える。

――フェンリルの最終進化の到達点である神狼。

――神獣であり、一部地域では神と同義とされる信仰の対象であるベヒーモスの幼体。

この二つの大魔獣を従えることが……チョロイと？

神話クラスの偉業を……マリサ様からすると朝飯前のおちゃのこさいさいだと？

ひょっとすると……と嫌な汗が背中に流れる。

この御方は私が考えているよりも、更に恐ろしい存在なのかもしれない。

「あはは……」

乾いた笑いが肺腑《はいふ》から漏れた。

と、そこで私はとある疑念に思い至った。

――はたして、マリサ様のことを中央ギルドに報告するのは……あまりにも危険ではないかと。

何か理由があって……あるいは国家規模の特命を……私の思いもよらぬ……例えば……神聖皇帝陛下からの勅命などを受け、マリサ様は動いているのではないか？

マリサ様が駆け出し冒険者としてワータイガー退治をしている……そんなバカな話に比べれば、そちらのほうがいくらか信用できる。

と、すれば中央ギルドに彼女のことを報告するのは……マリサ様の不興を買う可能性もある。

あるいは、ケルベロス討伐はこの近辺の貴族諸侯の派閥争いに関連する依頼という心配もあった。

その大きな政治の流れの中で、マリサ様は動いているという線もあるのではないだろうか？

結局、ケルベロスは討伐しない方向で話もまとまったし、その線は濃厚……かもしれない。

と、そこで私は「あっ！」と息を呑んだ。

先刻の道すがら、シャーロットとマリサ様の馴れ初めを小耳に挟んだ。そういえば……非合法な研究をする屍霊術師絡みの案件だったという。

なるほど、と私の中で線と線がつながった。

聖教会が目の敵にしている屍霊術。

そして、この国の最有力侯爵家は屍霊術を扱うのだ。

更に言えば、シャーロットとの馴れ初めで、マリサ様が潰したのは屍霊術の非合法研究だ。

そうして今回、私達が手を出そうとしていた依頼は……屍霊術の研究素材として極上とされる、地獄の番犬ケルベロスの素材。

実際に、私達にケルベロス討伐の依頼をしてきた者も相当にうさん臭かった。

相場の数倍を支払うからと、情報漏洩関係の魔法契約を事前に何重にもかけられた。

なるほど、これはもうまず間違いない。

マリサ様は聖教会からの特命を受け、この国の政治バランスを裏から調整するために動いている。

というのも、この国では王派閥と、侯爵家の所属する大公派閥で割れているのだ。

侯爵家は大公派閥の荒事担当で、屍霊術を使ってアンデッドの軍勢による軍事強化をはかっていることは、まことしやかにささやかれている噂だ。

というか、軍事クーデターの事前準備であることは事実だろう。

——なるほど。毒蛇の陰謀渦巻く宮廷と教会の世界、政治絡みの特殊任務か。

私は大きく頷いてマリサ様に対する今後のスタンスを決定した。つまりは——

——見なかったことにしよう……そんな娘は最初からここにはいなかったことにしよう……と。

何しろ、下手をすると、私の報告一つで国家規模の重要任務に支障をきたすことも考えられるのだから。

## サイド　マリサ

で、そんなこんなで私達は街に帰ってきた訳なんだけど――

「マリサ……何をどうやったらワータイガーを狩りにいってベヒーモスの幼体を従魔にして帰ってくるってことになるんだ？」

ギルドマスターさんが頭を抱えて、本当に頭が痛いとばかりに……顔をしかめていた。

いや、そんなの私が知りたいよ。

「うーん……実はかくかくしかじかで」

で、私は一部始終をギルドマスターさんに説明したんだけど……。

「ほうほう、成り行きでケルベロスを退治することになってフェンリルが神狼に進化してて、神獣ベヒーモスの忘れ形見を預けられた……と。うんうん、ワータイガーを退治しにいった場合にありがちな展開だな……ってそんな訳あるかーいっ！」

流れるようなノリツッコミだった。

おヒゲがダンディーなギルドマスターさんが、まさかノリツッコミとは……と私が面食らっていると――

「なんというトラブルメーカー体質なんだよお前は……。この前に話を聞かせてもらったが、生贄《いけにえ》に捧げられたと思えば前世が覚醒してフェンリルを従魔にして、ワータイガーを退治しにいったかと思えばケルベロスを討伐してオマケにベヒーモスを従魔にしちまうなんてありえねえだろ」

「いや、なんというかすみません」

「お前な？　覚醒者ってのは実は結構危ないんだぞ？」

「と、おっしゃると？」

「戦力として規格外の場合が多いから、権力者からあの手この手で引っ張られて取り込まれがちなんだ。特にお前はアンカーソン男爵家だろ？」

「はい、そうですけど？」

「兄貴分のオルブライト侯爵家には……十中八九はお前の情報は伝わってるだろうさ。今更ではあるんだが、軽率な行動は取るな。で、今回の報奨金だが……」

ギルド長さんはチラリとエルフの受付嬢さんに視線を送る。

「あとは任せた。頭痛がひどいので……っていうか、娘の友達の今後についてちょっと考えてくる。こいつはちょっと……目立ちすぎるからな」

「あ、本当になんか色々すみません」

そうして、ギルド長さんはため息をついて、大量のワータイガーさんと、ケルベロスさんに餞別だと貰ったお土産……骨やらの素材が置かれた解体部屋のテーブルを眺める。

「ったく、古代文明遺跡調査で宝物庫を発見した帰りみたいな状況じゃねーか……面倒ってレベルじゃねーぞ」

と、ギルド長さんはボリボリと頭をかきながら事務室内の奥の部屋へと消えていった。

そうしてエルフの受付嬢さんは、さっきからヒクヒクとコメカミのあたりを痙攣《けいれん》させているんだけど――

「マリサちゃん？」

「はい、何でしょうか？」

「これって……カイザードラゴンの牙よね？」

「ケルベロスさん曰く、昔にフー君と一緒に組んで狩ったそうです。それはそれは強者だったらしくて……、なにしろ三千年前のお話なので、お土産として渡せるような保存状態のものは牙だけだったっていう話ですね」

「じゃあ、これは……？　こんな純度の高い魔石は見るのも初めてなんだけど……」

「真祖の吸血鬼の魔眼とのことです。その昔、フー君の親分さんが戦って……引き分けだったらしいんですけど、牙一本と引き換えに持ち帰ったらしく……」

「あ……そう……なん……だ……はは……。真祖……吸血……はは……いつから……ここは……御伽《おとぎ》噺《ばなし》の……世界……に……」

うーん。

完全に引いちゃってるよねコレ。

と、そこでドワーフの解体屋さんが真っ青な表情でうわ言のように呟いた。

「買い取るにしても、こんなもん……どこに卸せばいいんだよ……さっきの話からすると、できるだけ目立たずに売らなきゃいけねーんだろこれ？」

どうすりゃいいんだとばかりに二人は頭を抱えた。

「と、とにかくマリサちゃん？　今はギルドではこれは買い取れないわ」

「え？　どういうことですか？」

「まず、即金で一括で買い取るだけの資金がギルドにないの。いや、あるにはあるんだけど、このギルドは……マスターが人がいいので薄利でやっていて経営は厳しいのよ。だから、大金を右から左にどうぞっていう訳にはいかないの。正確には計算できないけど、あなたが持ってきた素材は……恐らくは金貨の三千枚くらいじゃぜんぜんきかないのよ」

金貨三千枚っ!?

えーっと、新米の兵士さんが寝食付きでの月給で金貨十枚で、確か日雇い労働の日給が金貨一枚だから……。

これはとんでもない金額じゃないのだろうか？（注釈：金貨一枚は日本円でおよそ一万円）

あまりの金額に、男爵令嬢とはいえ所詮は下級貴族の次女――そこそこ裕福な商家と大しては変わらない程度の生まれ育ちの――私が恐れおののいていると、ドワーフの解体屋さんが大きく頷いた。

「で、さっきも言ったようにまともなルートでは流せない。即金で金銭に換えることができればギルドの資金的には問題ないんだが……金貨三千枚相当の素材の換金の目途が立たない状況は本当に参ったことになる」

「じゃあ、どうすれば？」

「そうねマリサちゃん。とりあえずワータイガー討伐依頼の報奨金で金貨二十五枚。それで……ドラゴンの牙と魔眼についてはギルドの倉庫で預かります」

「ふむふむ」

「残りの金については、現金化できた時にマージンを差し引いて渡すか……あるいは月賦で毎月金貨百枚の三十回か四十回払いってところかな。下手すれば五十回払いになるかもだが」

「現金化の目途が立っていないのであれば……それがギルドとして動かせる妥当な額ですね」

金貨五千枚もありうるってこと？

いやはや……ケルベロスさんに感謝だね。

そうして私はシャーロットちゃんとルイーズさんに向けて満面の笑みでこう言った。

「もしも金貨五千枚だったら、みんなで山分けしても余裕で一人あたり金貨千枚以上だね！」

で、私の言葉に二人が絶句して「あれ？」と思っていると――

「「なにをどうやったらみんなで山分けって思考になるんだーっ！」」

と、二人に物凄い勢いでツッコミを受けてしまった。

「え？　どういうこと？」

小首を傾げて尋ねると、シャーロットちゃんに「本当にマリサちゃんは常識がアレなんです。そんなお金受け取れる訳がないですよ」と苦笑いされてしまったのだった。

「いや、でもみんなとの冒険の結果じゃん？　だったら山分けだと思うんだけど……」

素直な気持ちでそう言ったんだけど……あれ？

なんかみんなが残念な子を見ているような視線で私を見ているよ？

で、そこからすったもんだの騒動で……今回の配分が決まることになったのだった。

◆

と、まあ、そんなこんなで私とフー君とベビーモスちゃんは宿に戻ることになった。

ワータイガーさんの討伐依頼のお金についても色々と揉めたんだけど、そこだけは私がゴリ押しして三等分ということにした。

結局、ケルベロスさんのお土産の売却代金については私が全額ってことになったんだよね。

色々と話をして「フー君がもらったものだ」という理屈に説得力を感じたので、そこでようやく私が折れた感じかな。

まあ、確かにケルベロスさんがフー君にくれた餞別だろうし、私の意思でみんなで山分けってのはちょっと違うよね。

で、宿に戻るべく街を歩いている最中、頭にフー君、肩にベビーモスちゃんを乗せていたんだけど

――

「なまえー？」

私はベビーモスちゃんにニコっと笑ってそう問いかけた。

「お名前を決めないといけないね」

「そうだよ。お名前だよ」

そう言うと、ベビーモスちゃんは尻尾をピンと立たせて嬉しそうにフルフルと震えた。

「おなまえー？　ぼくのおなまえー？」

「そうだよ。お名前嬉しいの？」

「うれしいー。ぼくおなまえうれしいのー」

「えーっと、それじゃあキミのお名前は……どうしようっかなー」

ランランと輝いた期待の瞳で私を見てくる。

うんうん、ベビーモスちゃんは可愛いね。

「まりさーはやくはやくーおなまえはやくきめてー」

しかし、本当に嬉しそうだねこりゃ。

こうなってくると、名付け親としては慎重に決めざるを得ない。

この子の一生の名前だしね、ここはやはり素敵な名前をつけて、飼い主としての威厳を示さねば。

うーん……名前名前……まあ、この子は女の子なんだけど、その前に種族として神獣ベヒーモスだからね。

強くて可愛いのでいこうっ！　そうだよね、そんな感じの名前がいいよね！

でも、都合よくそんな名前が……うーむ。

あっ！　そういえばこの前フー君から教えてもらった、過去の地球からの転生者が伝えたという、伝説の火の国の神の名前があったね！　アレなら火の国ってことで、強くて、可愛いよね！

よし、決まった！　これでどうだっ！

「決まったよっ！　キミの名前は……」

「ぼくのなまえはー？」

「カッコ良すぎて驚かないでね？　強そうな名前だよー！」

「うんぼくおどろかない。おどろかずによろこぶ」

「それじゃあ発表するね。キミの名前は――」

私は押し黙った。

そして大きく大きく息を吸い込んで私はこう言った。

「熊本のくま●ンよっ！」

ベビーモスちゃんの尻尾がへなっと垂れて、プルプルじゃなくてブルブルと震え始めた。

そして、そのつぶらな瞳から涙が溢れそうに――

――って、嫌なのっ!?　めっちゃカッコ可愛い名前じゃないっ！　火の国の神の名前なのよっ!?

「嫌なのっ!?　嫌なの熊本のくま●ンっ！」

「くまもとのくま●んだめ。くまもとのくま●んよくない。ふるねーむだめ。くまもんならいい。くまもんならかわいい」

えー!?

どんなセンスしてんのよこの子！　くま●ン単独より熊本のくま●ンというフルネームのほうが絶対いいじゃんっ！

「マリサっ！　確かに強そうというか、転生者が伝えた熊本……火の国の神の名前じゃが……フルネームはどうかと思うぞ？」

えー？　フルネームだからこそ火の国感が出て強そうなのに。

うーん、でも、ここは飼い主として器の大きさを見せようか。

「ふふ、冗談よ」

と、そこで再度ベビーモスちゃんはランランと輝いた期待の瞳で私を見てくる。

うんうん、やっぱりベビーモスちゃんは可愛いね。

「まりさーはやくはやくーおなまえおしえてー」

しかし、やっぱり本当に嬉しそうだねこりゃ。

うーん……名前名前……まあ、この子は見た目めちゃくちゃ可愛いからね。

なら、カッコいい系じゃなくて、素直に可愛い系でいこうっ！　でも、くま●ンってのもいくら可愛いとはいえ、さっき言ったばっかりだから芸がないよね。

よし、決まった！　これでどうだっ！

「決まったよっ！　キミの名前は……」

「ぼくのなまえはー？」

「可愛すぎて驚かないでね？」

「うんぼくおどろかない。おどろかずによろこぶ」

「それじゃあ発表するね。キミの名前は――」

私は押し黙った。

そして大きく大きく息を吸い込んで私はこう言った。

「ゲレゲレちゃんよっ！」

ベビーモスちゃんの尻尾がへなっと垂れて、プルプルじゃなくてブルブルと震え始めた。

そして、そのつぶらな瞳から涙が溢れそうに——

——って、嫌なのっ!?　めっちゃ可愛い名前じゃないっ！

「嫌なのっ!?　もしかして嫌なのゲレゲレちゃんっ!?」

「げれげれよぶのだめ。げれげれよくない。げれげれやめて」

えー!?

もしかして……じゃなくて、やっぱりどんなセンスしてんのよこの子。

と、そこでフー君が真顔で口を開いた。

「マリサよ、滑っておる」

「ええええええっ!?」

「むしろ、ダダ滑りじゃ」

「ええええええっ!?」

「ベタすぎるのじゃ。そのネタは百万回は使い古されておるぞ。ありとあらゆるところで見かけるネタじゃ。しかも、転生者がこの地に伝えたド○クエ5という神話を知らんと意味が分からぬ」

「ええええええっ!?」

「じゃ、じゃ、じゃあ……トンヌラはっ!?」

「それもベタじゃ。ドラ○エ5じゃ」

「ええええええっ!?」

「無論、ダダ滑りじゃ」


「じゃ、じゃ、じゃあ……もともとは?」


「転生者がこの地に伝えたファミコン版ド○クエ2という神話——四十歳以下には元ネタすら分からん。復活の呪文とか言われても誰も分からんじゃろ。むしろお前は何で知っておるのじゃ」

「えええええええっ!?」

「……ふむ、なれば、ここは一つ我に決めさせてはくれぬか?」


うーん。

蛇の道は蛇ってところかね。

人間の普通のセンスはどうにもベビーモスちゃんには通用しないらしいし。でも、フー君に任せるのも怖いけどさ。

まあ、とりあえず聞くだけ聞いてみて、あまりにも酷かったら変更するように促そう。

「そうじゃな、ベヒーモスの子供で姫じゃから……ヒメはどうじゃ?」

もー、何なのよフー君。

悪くはないけど捻りも何にもないわね。

やっぱりここは熊本のくま●ンが……と思っていると、ベビーモスちゃんの尻尾がピンと立って「それだっ！」とばかりに何度も何度も頷いた。

「ぼくのなまえはひめー。ふふうれしいなーおなまえうれしいなー」

あ、喜んでいる。

うーん……まあ、本人が気に入ったならそれでもいいけどさ。

そうしてクンクンとヒメちゃんが鼻を鳴らしていたので「どうしたの？」と尋ねると、ヒメちゃんは遠くの方を見た。

見ると、そこには串焼きの屋台があって、少し歩くと美味しそうな匂いが……。

ぎゅるるーとヒメちゃんのお腹が鳴って、私もそういえば昼から何も食べていないことを思いだした。

「ヒメちゃん？　くしやきたべりゅー？」

「たべりゅーー！」

「じゃあ歩き食いしちゃおっか！　お行儀悪いけど！」というとヒメちゃんが嬉しそうに私の頬に鼻先をこすりつけてきた。

うーん、モフモフっていいね！

冷たい鼻先が頬にこそばゆくて、思わずニンマリとしてしまう。

そうして屋台で串焼きを三本買って、フー君に一本、ヒメちゃんに一本を差し出した。

「おいしーねー」

「うむ、美味いな」

「うん、お腹が空いてるのもあるけど味付けがちょうどいいね！」

三人でニコニコ顔でしばらく歩いて、そうして私達は宿に到着した。

◆

で、私は二匹を頭と肩に乗せたままベッドに腰を落ち着けて――

ヒメちゃんをむんずと掴み、ベッドに仰向けに寝かせた。

「覚悟しなさいっ！」

照準確定！

我が顔面の向かう先は……ヒメちゃんのお腹っ！

ヒメちゃんは突然の事態に戸惑っているけど、そんなことは関係ないっ！

――こちとら……出会ったときからお腹顔面モフモフを我慢してんのよっ！

それ、それ、そりゃりゃー！　頭に顔をうずめて――――っ！

――いざ……もふもふっ！　もっふもふ！　わっふるわっふるもーふもふ！

「まりさーくすぐったいー」

「もふもふもふーっ！」

「まりさーくすぐったいけどきもちーねー」

「あー、もうこの子可愛いーっ！」

で、ヒメちゃんの耳をパクっと甘噛みしたり、肉球をプニプニと触りまくったりで私が至福のひと時を過ごしていると――

「おいマリサよ。今日は初日ゆえ……ヒメを甘やかすのはいいが、我のことも忘れるでないぞ」

必死に威厳を保とうとしているフー君だったけど、そわそわとして尻尾が不安げに垂れ下がっていて……。

あ、嫉妬してるねコレは。

「フー君ーっ！」

そうして私は大口を開いて、今度はフー君の首元をカプっと甘噛みした。

するとフー君は尻尾をゆっさゆっさと嬉しそうに揺らし始めた。

「や、や、止めるのじゃ！　我にも威厳というものがあるのじゃ！　そ、そ、そういうことはヒメのおらん二人きりの場所でコソっとじゃな……」

「えー？　ひょっとしてヒメちゃんがいるからって、カッコつけようとしてるの？」

「む、む、むうううっ！　ともかく！　赤子の前では我に対してそういうことは禁止なのじゃ！」

ふふ、本当にフー君も可愛いよね。

で、三人でひとしきりに遊んだあと、お風呂に入ってベッドに入って……。

あー、癒されるわー。

そんなことを思いながら、私の股に挟みこむように寝床を確保した、二人のぬくもりを感じながら眠りについたのだった。

chapter 7

# マリサとモフモフ軍団と暁の銀翼 ～決戦！ Sランクオーバー冒険者！～

翌日、ギルド長さんが私に話があるということだったので、一人でギルドにきたんだけど――

「えー!? ケルベロスさんの討伐隊が組まれたってどういうことなんですかっ!?」

ギルドで私は思わず大声をあげてしまった。

で、頭の上のフー君が重い口調でこう言った。

「ふむ、それは聞き捨てならんの」

そうしてギルド長さんが苦虫を噛み潰したような顔をした。

「正確にはケルベロスではなく、魔獣の幼体ということだ」

「ん？ どういうことなんですか？」

「少し前に森の魔獣の繁殖期があってな。魔獣が成長する前に幼体を狩ろうということだ。つまりだな……」

ギルドマスターさんの説明の続きをフー君が続ける。

「幼き獣は王の下で庇護される。それを狩ろうということじゃな？」

「ああ、そのとおりだ。と、いうことで別にケルベロスが討伐対象って訳じゃない」

「赤ちゃんを狩るなんて……余計ひどいですよ」

そうしてフー君が更に声を低くして、きつい口調になる。

「そもそもじゃな人間よ？　あの森の……王の庇護下の魔獣は人間を食わぬぞ？」

「そうなのか？」

「うむ。人間みたいな不味いモノを食うのは……王に従わぬ変わり者ばかりじゃ。奴らは森で隔離というか……王を恐れ、通常の餌場にも寄りつかん。食うに困って人間を襲うという感じじゃ」

えー？

それって完全にフー君が勘違いで閉じ込められてたのと同じ状況じゃん。

「じゃあ急いで止めないとっ！」

そこでギルドマスターさんはフルフルと首を左右に振った。

「それはダメ……いや、無理だ」

「無理っていうと？」

「侯爵家絡みの案件でな。今回は相当に大げさな討伐隊が組まれているとの話だ。さっきはああ言ったが……実はあわよくばケルベロスを討伐することも視野に入っている可能性もある」

「でも、魔獣は人間を襲ったりしないんですよね？」

「……二つ問題がある。まず、それを言っても信用されるかは分からない。そしてもう一つは……ケルベロスの眼球と牙を侯爵家が欲しがっている」

「眼球と牙？」

「ああ、侯爵家は魔法使いの家系でな。屍霊術を専門にしていて……公爵と組んで不死者絡みでの軍備増強に力を入れているのは……専《もっぱ》らの噂だ」

「そのためにケルベロスさんの素材が必要だと？」

「屍霊術は禁制となっている秘術が多いからな。冒険者ギルドや商会オークションなんかで大々的に超高ランク素材を侯爵やら公爵が買い入れると、その使途を追及される可能性がある」

「だから自前で素材を？」

「そういうことだ」

侯爵家っつったらお姉ちゃんの婚約者だった人だよね。

ってか、もー、公爵やら侯爵やらややこしいねっ！

「ともかくマリサ。この案件は政治がらみでややこしいんだ」

「でも、それでもそんなの許せないですっ！　素材を剥ぎ取るために赤ちゃんごとケルベロスさんを
……」

「お願いだから大人しくしておいてくれ」

「いや、でもっ！」

「大人になれ、分かるよな？　マリサ？」

「……分かりました」

そうして私はギルドの外に出て、雑貨屋さんでペンと紙を買って、ギルドのポストに手紙を入れた。

はたして、その内容とは――

――ちょっとケルベロスさんのところに遊びにいってきますね。

というものだった。

◆

で、私とフー君とヒメちゃんはケルベロスさんの森に向かっていた訳なんだけど――

「いや、そもそもそんなの許せないじゃん？」

「人とは欲深き生き物よな。あの森の魔獣は人間を襲わぬというに……素材を剥ぎ取るために殺そうとは」

「そうだよ。フー君も全然悪くないのに三千年も閉じ込められてたしね」

「とにもかくにも三頭王《ケルベロス》に危険を知らせんといかん」

で、森を行く私達に……魔物が襲い掛かってきた。

いつの間にか私達はゴブリンさんの群れに囲まれていたらしく……って、え？　どういうこと？

「索敵のスキルで危険察知はできるはずなのに……」

ってていうか、スキル以前に魔物が近くにいるとなんとなく分かるんだけどな。

「うーむ……恐らくじゃが、ゴブリンはEランクの魔物じゃ。マリサではソレを危険と認識できなかったのではないか？」

あ、そういうことですか。

えーっと、どうしようかな。ともかく、襲われてるからには迎撃しないといけないよ。

「まりさー？」

「なあにヒメちゃん？」

「ひめあそびたい」

「ん？　あそびたい？」

私が小首を傾げると、ヒメちゃんは頷いてからフー君にも声をかけた。

「ふぇんりるおいたん？　あそんでいい？」

そうしてフー君は大きく頷いた。

「うむ。ヒメよ。思いっきり遊ぶがいい」

「うんわかった」

そうしてヒメちゃんは一番近くにいるゴブリンさんに向かっていって――

――ストコラパションっ！

おお！　クリティカルっ！

爪の一撃でゴブリンさんが吹き飛び、樹木の幹にメリこんだ。っていうか、遊びってこのことか。

どうやらヒメちゃんは生まれながらの戦闘民族みたいだね。

そうして次から次へとヒメちゃんはゴブリンさんに飛び掛かって――

――ストコラパションっ！

お、これもクリティカル！

――ストコラパションっ！

これもクリティカルっ！

――ストコラパションっ！

これまたクリティカル！

――ストコラパションっ！

いや、クリティカル多くない？

そうしてしばらくして全てのゴブリンさんをやっつけたヒメちゃんは、尻尾をピンと立たせてぴょんぴょんと飛び跳ねた。

「ねーつおいー？　ひめつおいー？」

あー、かわいいなー。

ヒメちゃん可愛いなー。ぴょんぴょん飛んでて可愛いなー。

めっちゃ褒めて欲しそうなので、私は満面の笑みでこう言った。

「つおいよー！　ひめたんめっちゃつおいよー！　でも、どうしてクリティカルばっかなのフー君？」

「ベヒーモスは生まれながらの強者じゃからな。見た瞬間に相手の弱点が分かるのじゃ。そういうスキルを持っておる」

「マジでヒメちゃん強いじゃんっ！　ってかそのスキルやばくない？」

通常攻撃がオール一撃必殺ってことだよね？

いやはや、ベヒーモス……マジぱねえ。

どう考えてもボスとかが持ってそうな特殊能力……いや、明らかに種族的にボス級か。

で、ヒメちゃんはテンションが上がり過ぎたのかピョンピョンピョンピョン飛び跳ねて……。

「グオオオオっ！」

と、勢い余って元の姿に巨大化してしまった。

うっわ……ヒメちゃんじゃなくてヒメさんになっちゃったよ。

そうして私のところに駆け寄って来て、ベロリと頬を舐めてきた。

……できればヒメさんでやらないでください。ちょっと怖いです。舌とか私の上半身くらいあるので……。

っていうか、ベヒーモスって赤ちゃんで三メートルあるのか……成体になるとどんな大きさなんだろうか。

ともかく、ヒメちゃんの今後の伸びしろはハンパなさそうだ。

「ヒメちゃんー？　できれば小さいままの方が私は好きかな？」

「ひめはまりさのすきがすきー」

そうしてバフンと煙に包まれ、ヒメさんはヒメちゃんになった。

うん、ふさふさお耳が可愛くて百点満点のいつもの愛らしいヒメちゃんだね！

「ヒメちゃーーん！」

「まりさー」

ヒメちゃんが胸に飛び込んできたので抱きしめてあげた。

うー……！

ずっとそのままのキミでいて！

できれば、あんまりヒメさんにはならないでねっ！

で、まあ……そんなこんなで私達はケルベロスさんの下へと到着したのだった。

## サイド　ケルベロス

マムルの城。

特殊な保存魔法によって四千年前から残る強固な堅城。

ここは今は人の手から捨てられた廃城さね。

アタイ達魔獣が子供を守り育てる場所……この四千年、この森に住む王派閥の魔獣はそうやって命をつむいできた。

「しかし、それもこれで終わりかね」

と、アタイは深くため息をついた。

それというのも……恐ろしい屍霊術の結界がこの地を包んでいることに、アタイはつい数時間前に気づいちまったのさ。

少し前から、人間がアタイの素材を取りたがっているのは分かっていたんだが……油断しちまったね。

相手はウチ等の社会の生態をよーく把握した上で仕掛けてきている。

「屍霊術で呼び出される雑魚だけなら、アタイでも殲滅できるんだがね」

けれど、アタイは一人ではない。

この城で育てられている子達を守りながらの防衛戦となる。

部屋に子等を押し込めて守ろうにも、城に火をかけられでもしたら、そこで終わりさね。

アタイは逃げることができるけど、子等はそうはいかない。

この城は水堀に囲まれていて、石橋が東西南北に四本。

つまりは、その防衛ラインのどれかが破られればそこでおしまいということになるさね。

子等を背に乗せて逃げようにも、既にこの周囲は敵の術中……しかも、アタイが一度に運ぶことができる数は限りがある。

考えを巡らせるけれど、妙案など思いつくはずもない。

「さて、困ったさね……」

力なくそう呟いたところで——

「水臭いぞ三頭王《ケルベロス》」

思わず涙が出そうになっちまった。

まさか、あんたとまた会えるなんて……思ってもなかったからね。

「魔狼王《フェンリル》? 実は困ったことになっちまっててね」

「状況は把握しておるよ」

三千年前からの腐れ縁。

窮地の際のあんたは本当に頼りになるさね。

「あんたがくれば百人力さね」

アタイの言葉に魔狼王は大きく頷いた。

「さて、久しぶりに暴れるとするか」

と、アタイ達が頷いたところで、魔狼王の飼い主が青い顔をしてこう言った。

「これ……良くないよ。相手は屍霊術で呼び出されるアンデッドだけじゃないと思う」

その言葉で魔狼王はしばらく目を閉じ、忌々《いまいま》しげに呟いた。

「三頭王……確か橋は東西南北の四本だったよな？」

「ああ、アタイとアンタと飼い主と……後はヒメで十分に蓋ができるはず。敵は恐らく相手はDランクかCランクのスケルトンかグール……後は人間の術者さね。相手が集団でも個々の戦闘力でアタイ達が負けるはずが……」

と、そこで二人は首を振って、どういうことかと思っていると……そこでようやくアタイも気づくことができた。

ゾクリと背中に走るこの悪寒。これは……本当に良くないさね。

――少なくともアタイ以上の強者の気配が二つ。

「三頭王よ。どうやら、敵は本当に貴様を殺《と》りにきておるぞ」

## サイド マリサ

「えーっと……」

こりゃ不味いね。

フー君もケルベロスさんも感じているみたいだけど、本当に不味い。

「どーしたのー？」

「ヒメちゃんは難しいこと考えなくていいからね」

屍霊術の大規模儀式は一回こっきりの夜間限定って話だ。

アンデッドのデスパレードマーチが起きるんだけど、それは最長でも十時間くらいって話だね。

そうして、その間に私達が四人というか一人と三匹でそれぞれ散って、四本の橋を守って、城に侵入者を入れなければいい感じだったはずなんだけど……。

「二人……いるね」

オマケに無数のアンデッドの気配……とりあえず、その強者二人を止めるのに私とフー君は絶対に必要だ。

残念だけど、ケルベロスさんじゃ手に負えそうにない。

「東西南北の四本の橋をとめないといけないんだよね？　ちょっと作戦を考えないと――」

と、言った瞬間――

――来るっ！

外で魔力が溢れて、大規模屍霊術式が発動したのがなんとなく分かった。

で、同時に北の方角から二つの強者の反応が近づいてくる。

あー、もうアンデッドだけでもややこしいのに、一体どうすりゃいいのよっ!?

えーい、こうなれば出たとこ勝負だっ！

「じゃあ、私が一人で北に行って二人を相手にするよ！　後はみんなに任せるから、それでアンデッドを止めておいてっ！」

「……ダメじゃ」

と、フー君が私の提案に首を左右に振った。

「え？　どうして？」

「マリサよ。お前には経験と知識が足りないのじゃ……相手は屍霊術師。状態異常などの絡め手でこられればお主では対処できぬ可能性がある」

「いや、それはそうかもしんないけどさ」

「我がお守りでお前につかんと……な」

「……じゃあ、他の橋はどうやって止めるの？」

そこでケルベロスさんが歯を食いしばりながらこう言った。

「人間の侵入がないのなら、火をつけられたりはしないだろうさ。子等は城の隠し部屋に分散して隠して時間を稼ぐさね」

えーっと……私とフー君が強者二人を急いでやっつけて、トンボ返りで城内に侵入したアンデッドを駆除ってこと？

侵入自体は止められないってことだよね？

「そしてマリサ、ヒメは……共に連れて行こう。何が起きるやもしれん戦場……ヒメもまた赤子じゃ。我のお守りは必須となる」

「それじゃあ北の桟橋に私とフー君とヒメちゃん。急いで人間の二人をやっつけてここに戻ってくるってことで……」

「ああ、それで行こうかね。アタイは城内を駆け巡ってアンデッドの駆除をするさね」

でも、私もフー君もケルベロスさんも気づいていた。

ケルベロスさん一人では、押し寄せる無数のアンデッド相手に子供達を守りきるにはあまりにも手数が足りないということを。

さて、困ったぞ。

魔獣の赤ちゃんが一体でも殺され傷ついちゃうと……後味が悪すぎる。

でも、実際問題として手数が足りない。

そうして、私達は最悪の場合の犠牲も覚悟して城の外へと歩を進めたのだった。

## サイド　シャーロット

ギルドの応接室、お父さんが苦虫を噛み潰したような顔をしていたんです。

「不味い情報が入った。マリサが顔を突っ込んだケルベロスの案件だが……Sランクオーバーの冒険者が入ってきている」

「Sランクオーバー？　どういうことなんですお父さんっ!?」

Sランクオーバーの冒険者といえば、中央ギルドでも一人か二人しか在籍していないという規格外の連中のことなんです。

そんな規格外が出てくる場合、ことは冒険者ギルドの話ではなく、国家同士の戦闘のレベルの話となるんです。

たった一人で局地的な戦闘における戦局をひっくり返し、正に一騎当千と呼ばれるような……そんな戦争の決戦兵器として扱われるような化け物が何故にこんな田舎に来るんですか？

「雇い人は侯爵家だ。屍霊術学会のツテで雇い入れたんだろう」

「いや……ケルベロスは確かにSランクの超危険生物なんです。でも、Sランクオーバーは大掛かり過ぎるんです。人類の敵である厄災を狩るんじゃないんですよ!?」

そこでお父さんはため息をついた。

「ケルベロスだけの話じゃねーんだよ……マリサを確保する準備もあるんだと思う」

「マリサちゃんを確保……？」

「元々、マリサの親父を通じて侯爵家は色々なことを知っていたからな。力尽くも想定してそれくらいの戦力は整えてくるだろう」

Sランクオーバーの戦力といえば、フリーランスで法外すぎる報酬を取っていく根無し草なんです。

あるいは、かつてお父さんがそうだったように、どこぞの国のお抱えの騎士や軍部所属となっているか……。

侯爵家単体として、マリサちゃんという規格外の戦力は……手に入れることができるのであれば、多少の荒事をもってしてでも喉から手が出るほどに欲しいのは当たり前の話なんです。

そして、その力が本格的に覚醒する前に確保して、あの手この手で魔術契約なりで縛ってしまうのが一番楽な話……。

「今のマリサちゃんで勝てるんですか？」

「分からん。神狼を従えていて、潜在能力は未知数とはいえ……あいつはまだ戦闘は素人だ。最悪、その場で捕まっちまうかもな」

そうして私は踵《きびす》を返してギルドのドアへと歩を進める。

「どこに行く？」

「……知れたことです。微力だろうが助力にいくんです」

そこでお父さんは呆れたように肩をすくめた。

「命を捨てる気なのか？　何でマリサのためにそこまで……」

そうして、私は観念したように肩をすくめた。

「初めての……友達なんです。それに、アンデッド相手だったら私も役に立てるはずなんです」

「もしも、お前の前に立ちはだかるのがアンデッドではなく人間だったら？」

「……友達のためなら、私は剣を構えることができると思うんです」

「そんな言葉を真顔で言えれば上等だな」

「はい。だから、私は行くんです。私は……友達のところに」

「そうか、シャーロット……なら、俺はもう止めん。いい友達ができたようだな？　お前は先にマリサのところに行ってやれ。猫の手も借りたい状況になってるかもしれん」

「先にって……お父さんはどうするんです？　侯爵家に逆らうなんて、ギルドとして不味いですよ？　私個人なら別として、そんなのできる訳ないんです」

「なあに、大人には大人の戦い方があるってもんだ」

何か考えがあるらしいお父さんに向けて、私は小さく頷いてギルドの外に出た。

と、そこで――

「ル、ル、ルイーズさんなんです！」

「あら、シャーロットさん？　どうしたのでございますか？」

「実はかくかくしかじかで――」

と、説明をしたところでルイーズさんは苦虫をかみつぶしたような顔をしたんです。

「実は……この前のキクリさんのパーティーに私《わたくし》……誘われておりましてね。マリサさんがいればシャーロットさんにも危険はないと思って……暁の銀翼も抜けることを心に決めて……ごめんなさい」

「え？」

「百式の奇術が高く評価されたのと、それと……素のままの力もAランク相当だと判断を受けましてね」

「まあ、ルイーズさんは天才ですからね」

「そして今から、入団試験代わりに遠征についていくことになっておりますの。今からあの方達は出立するので、私もギルドで手続きをすることに……時間もないのですわ」

「じゃあ……マリサちゃんを助けに行くことは……ダメなんですね？」

そうして私が困った顔をすると、ルイーズさんは深く深くため息をついて――

「――高ランク冒険者に誘われてスルメ生活も終わりと思いましたが……仕方ありませんね。ふふ、私、昔から貴女の困った顔を見ると放っておけませんの」

「え？」

「か、勘違いしないでもらいたいですね。貴女の困った顔を見ると……虐《いじ》めてやりたくなるんですのよ！　だから構いたくなるだけなんですの！」

「虐めるのはやめてくださいなんですー！」

「ふふ、本当にシャーロットさんはシャーロットさんですね。それに、今……わかりました。私は……いや、私達は――」

そうして、ルイーズさんはニコリと微笑んで、こう言ったんです。

「そう、私達は暁の銀翼ですわっ！」

「やった！　ありがとうなんです！」

「でも、話を聞く限り――戦力が全く足りていないように思うのですが？」

「はい、そうなんですよ」

と、ルイーズさんはため息をついた。

「百式の奇術の百――奇跡の福音」

するとルイーズさんの体が光り輝き、光の矢が幾本も天に向かって放たれていく。

「ルイーズさん？　これは？」

「あとはマリサさんの人徳次第……というところでしょうか」

## サイド　マリサ

それで私とフー君とヒメちゃんは北の石橋に向かった訳なんだけど――

はたして、橋の向こうの森側では大量のアンデッドを従えた、二人の男女がこちらに向かってきていた。

「あら？　いきなりビンゴ？　ふふ、あれがフェンリルと覚醒者ってところみたいね」

重鎧に身を包んだ槍使いの女の人がニヤリと笑った。

「いや、あれはSランクオーバー個体の神狼ですね。油断をしていると貴女でも足をすくわれますよ？」

と、言ったのは聖職者風の格好……ただし、ローブの色は黒紫の悪魔神官さんって感じなんだけど、まあ屍霊術師さんってところだろうね。

「ふふ、Ｓランクオーバー個体の相手なんて久しぶりね……私が食べちゃってもいい？」

「貴女の持つグングニルとフェンリル……ははは っ！　神話の再現ですか……これは面白いですね」

舌なめずりする女の人がフー君をいやらしい視線で見て、悪魔神官みたいな人が高笑いしている。

まあ、どう見繕っても悪い人達っぽいのは確定なんだけど……間違いなく強いのは強い。

ビンビンと私の肌が粟だって、危険信号が全身を駆け巡っている。

そうして、巨大化してフェンリルさんとなったフー君は槍使いの女の人に、ゆっくりと、そして堂々と歩いていった。

「……おい、そこの女？　少し遊んでやる」

「あら？　気が合うわね？　貴方も私がお好みみたいね？　ふふ、相思相愛みたいでゾクゾクきちゃうわ」

「マリサは魔法使いとの戦闘の経験がない故にな。貴様らのクラスの人間とは滅多に出会えぬ。まあ、これも経験を積むいい機会じゃろう」

そこで女の人の右目がヒクッと吊り上がった。

「経験？　経験を積ませるって言ったの？　こと、このごに及んで小娘の訓練感覚なの？」

「ああ、そうじゃが？　それと、分かりやすいように……我は貴様と遊んでやると、さきほど言ったはずじゃがな？」

「……なるほど、なるほどなるほどなるほどなるほどなるほどっ！　ねえ？　舐めてる？　ひょっとして舐めてる？　いや、ひょっとせずとも私達のこと舐めてる？」

「……」

「人外たる証っ！　Ｓランクオーバーにまで上り詰めた……この神槍《グングニル》のクリスティーナ様と、不死者王《ノーライフキング》のマクスベルを舐めてんのねっ！」

そうして、クリスティーナと名乗った女の人は橋の石畳に唾を吐いた。

「かかってきなワンっころ！　下等生物（犬）と人間様の格の違いを見せ付けてやんよっ！」

## サイド　シャーロット

ケルベロスさんが立てこもっているという城――四つある橋の一つにアンデッドが群がっていたんです。

「レベル７：灼熱結界《ファイアープリズン》！」

相手は地獄の軍勢とでもいうべきものでした。

槍と鎧で武装したスケルトンナイトが……数えきれないくらいに見渡す限り。

まず、開幕早々、ルイーズさんの魔法の広範囲爆撃で橋までの道を開きました。

そして、私達はすぐに橋の上を陣取って、城の中へのアンデッドの侵入を防ぐことは成功しました。

「でも……っ！　数が……多すぎるんです！」

見渡す限りのアンデッド、私も全力を出せるとはいえ、既に戦闘開始から二十分で、息も上がってきました。

「不味いんです！」

「そろそろこっちもガス欠ですわ」

ルイーズさんもレベル７魔法をすでに十発は打っています。

私が切り込んで、危なくなったら後ろに下がる。そして、その間をつく形での爆撃のコンビネーションでどうにかやりくりできていましたが……。

「シャーロットさん？」

「何ですか？」

そこで、アンデッドの軍勢を見て、諦めたようにルイーズさんは肩をすくめました。

「私が道を開きますから……お逃げなさい」

「でも、でも！」

「いいから貴女は逃げなさいっ！　二人で安全に逃げるのは無理でございますわ！　私が囮《おとり》になりますっ！」

「そんなことできないんです！」

そうして、ルイーズさんは優しく、そして儚く笑うと――

「シャーロットさん？　貴女は今まで友達がいませんでした。だから、死んではいけないのですわ」

「……え？」

「ようやく友達ができたのでしょう？　できたばかりなのでしょう？　なら、今までの悲しみを……お釣りがくるくらいに、貴女はこれから幸せにならないといけないのでございます」

「ルイーズさん……？」

「私は持っています。友達も、地位も、名誉も、才能も——持っています。ならば、ここで死地に赴くくらいで、丁度釣り合いが取れるというものなのですわ。でも、貴女は違う。今……死んではいけない。せめて人並みの幸せを手にするまではね」

「……ダメです」

「お願いですから、カッコつけさせてくださいな。私は武家——貴族なのです。そう、武士は食わねど高楊枝なのです！　それこそが民を統べる貴族——伯爵令嬢ルイーズ＝オールディスの生きざまですわっ！」

と、その時——遠方から爆発音。

周囲が一気に爆炎に包まれ、煙の中かからヒュンっヒュンっと剣をふるう風切り音。

更に、続けざまに爆発音。

「話は聞かせてもらったよっ！」

煙幕の中、足音がこちらに向けてどんどん近づいてきたんです。

「アイリーンさんっ!?」

「私も忘れないでくださいね！」

屍霊術師さんをやっつけた時の……高ランク冒険者の二人なんですっ！

「でもアイリーンさんは冒険者を廃業したのでは？」

「冒険者は廃業したが、剣士は続けているさ。ふふ、ここ一日に限り——暁の銀翼の一員としてアタイは復活するよっ！」

ルイーズさんは小さく頷き、私達は四人で横一列に並びます。

「私達四人なら……何とかなるんです？」

「ああ、恐らくはね。少なくともこの場を乗り切ることくらいは……できそうさ。いや——それは無理に……なっちまったようだね」

そこで諦めたようにアイリーンさんは笑いました。

というのも、遠くから新手のアンデッド……スケルトンナイトよりも強力な、レッサーヴァンパイアの群れの姿が見えたからです。

「はは、それにしても四面楚歌《しめんそか》とはこのことだねえ」

「ええアイリーン。ですが……四人であれば、全員無事にこの場からの離脱はできそうですけれどね。どうしますか？　お二人さん？」

アイリーンさんと魔術師さんは肩をすくめて、無数のアンデッドの群れを前に呆れたように笑ったんです。

けれど、私とルイーズさんは首を左右に振ります。

「やれるまでやりましょう」

「ルイーズさんに賛成なんです」

「ま、そう言うだろうとアタイは思ってたけどね」

そうして、アンデッド達がこちらに向けて一斉に突撃を加えようと……見る間に陣形を整えていきます。

「さて、困ったんです」

「やはりシャーロットさんだけでもお逃げなさいな」

「だからそれはできないんです！」

アンデッド達が一斉に一歩を踏み出してきました。

ザッザザッザッザ。

文字通りの地獄の軍勢が、槍の穂先を揃えて一直線に。

「そこの魔術師さん？　残弾はどれほどでございますか？」

ルイーズさんの問いかけに、魔術師さんが応じます。

「アレに有効と思われる……レベル6程度であれば十五発ほど」

「焼石……ですわね。ちなみに私は残り一発……いや、二発が限度ですわ」

「私も……スタミナ切れなんです」

そうして、アイリーンさんと魔術師さんは互いに顔を見合わせたんです。

「魔法援護頼むよ、アタイが一人で切り込む。ああ、縦ロールは何もしなくていい……温存しときな。それで、こっちの魔法使いが完全にガス欠になるまでに……形勢不利のままなら、全員で切り込んで撤退だ」

「ええ、それしかないでしょうね。可能な限りの時間を稼ぎましょう」

「時間稼ぎ？　時間を稼いでどうなるっていうんですか？」

と、その時、ルイーズさんは大きく頷きました。

「マリサさんの人徳は……まだ残っていたようですね」

空から、灼熱が降り注いできたんです。

見上げると、そこに大きな大きなドラゴンが宙を舞っていました。

「皆さんもマリサさんの関係者ですかっ!?　ふふ、なにを隠そう、私は以前、縄張り争いで困っていたところ――マリサさんに敵のブラックドラゴンを狩っていただいたのですっ！　ここで助太刀しなければ龍の名折れですっ！」

「あれは……古代龍？　危険度……Sランク下位なんです」

私の言葉にルイーズさんはクスクスと笑い始めました。

「ふふ、本当にマリサさんは規格外のようですね。家出してから間もないというのに……」

「ルイーズさん？　どういうことなんですか？」

「百式の奇術の百――奇跡の福音ですわ。効果を知りたいですか？」

「はい、めっちゃ気になるんですっ！」

「このスキルは……対象の縁者に……対象のピンチをこっそり伝えるのでございますわ」

「光の矢が飛んでいったのは……そういうことだったんですか」

なるほど。

大体の事情は分かったんです。

そうして、古代のドラゴンさんは反撃を受けない上空から、一方的に炎のブレスを吐いています。

アンデッドの弱点は、火属性なので相性もとてもいいんです。

とはいっても、体内で炎を錬成するのに時間がかかるので単発の連続という感じですが。

けれど、そんな細かいことはどうでもいいんです。

なんせ、今、この場にいるアンデッドは対空の手段を持ち合わせていないんですから。

「……これならイケるんですっ！」

と、そこでアンデッド達は私達には敵わないとみて、別の橋に向かっていきました。

「どうするんです？　追撃するんです？」

「古代龍は別として、アタイ達は下手に動かないほうがいい。それをすればこちらの橋の守備が薄くなるからね」

「でも、ドラゴンさんのブレスも溜めの時間が必要で……このままじゃ、あちらの橋から城の中に……っ！　地上戦では流石に多勢に無勢ですよっ!?」

そこに、私達の耳に「ドドドドドドドドド」と馬の蹄の音が聞こえてきました。

騎馬に乗った男の人達は総勢数十。

アンデッドに向けて一直線に向かっていくその先頭には――

「アレはお父さん……？」

騎乗して、無双のごとくに大剣を振るう鬼人……いや、お父さん。

単騎突撃で陣形を崩され、続けざまの本体の突撃に、瞬く間にアンデッドの軍勢は数を削られていきます。

と、そこでアイリーンさんがその場で腰を落として、全て終わったとばかりにため息をつきました。

「元・帝都の切り込み隊長ってのも伊達じゃないね。未だにSランク上位の力をもってんじゃないかねえ……ま、ギルド員総勢五十ってとこか、この短時間によくぞかき集めたもんだよ」

## サイド　マリサ

「マリサ！　とりあえず他の橋のことは心配しなくて良さそうじゃっ！」

フー君の言葉が聞こえてきて、何だかよく分からないけど、アンデッドの気配が急速に消えているのを感じる。

うん、とりあえずは一安心みたいだね。

でも、まあ……私は私でかなりヘヴィな状況なんだよね。と、いうのも——

「打撃が効かないっ!?」

「ふふ、私の体は既にアンデッドでしてね？　肉弾戦では刃物による部位切断以外は効果が薄いですよ？」

と、まあ、打撃一辺倒の私はいきなり詰んでしまった。

しかも、魔法にしても——

「レベル10：極炎球《フェニックスアタック》っ！」

「レベル10：精霊王守護結界《ベロンズ・マジックガード》！」

「また防がれたっ!?」

「レベル10を扱える割には……あまりにも稚拙な魔力運用ですねっ！」

と、まあそんなこんなで戦闘が始まってから数分が経過している。

横目で確認する限り、槍使いの人とフー君はほぼ互角でこっちを助けにこられる感じでもない。

「どうしました？　貴女に余所見をする余裕があるとは思えませんがね？　レベル10：極炎《ヘルフレイム》」

「きゃあっ！」

レベル10の炎玉をまともにもらった。

めっちゃ熱くて……服も焦げてる。

っていうか、炎を何回も受けているので、なんかすっごい露出度高い人みたいになっちゃってるよ！

「しかし、厄介です。幾重にも施されている常時展開の防御術式の数々……闘気まで併用運用されていますね。それって何重の防御なんですか？」

「え？」

「……ん？」

お互いにそこでお見合いになった。

そうして、はてなと悪魔神官さんは小首を傾げた。

「いや、だからレベル10の魔法でも無傷でしょ貴女？　生身でそんなことできる訳ないでしょ？」

「え？　ひょっとしてこれって相当おかしなことなんですか？」

「……」

「……」

再度、そこでお互いにお見合いになった。

「なるほど。ビックリするくらいに常識がないようですね」

「……よく言われます」

「自覚なしの常時展開の防御超高度術式。しかし、いざ攻撃や回避になると……身体能力頼りで技術

も武技スキルもなし」

そうして、悪魔神官さんは肩をすくめた。

「前世が依代を守っていると考えるのが妥当ですか」

なるほど。

以前にフー君からの攻撃がノーダメだった理由が分かったよ。

ありがとう！　前世さん！

――褒められると照れるバブ。

ふふふ、ひょっとすると前世さんもちょろい系キャラなのかな？

――マリサほどではないバブ。

わ、わ、わ、私はチョロくないもんっ！

「しかし、本格的に覚醒する前の、寝ぼけている状態で出会えて良かったですよ。貴女の中で眠る、本気の貴女に出てこられたら勝てる気がしませんので」

そうして悪魔神官さんは杖を掲げてニタリと笑った。

「単発での攻撃では効果が薄いなら……こういうのはどうでしょうか？　呪縛《バインド》っ！」

ブインッと効果音と共に杖から、半径十センチくらいの紫色の……自在に曲がる蛇のような筒が私に向かって放たれた。

伸びてきた蛇を避けようとして――よし、避けたっ！

私もフー君と出会ってから色々あって……大分と戦闘のコツと体の動かし方はマスターできているみたいだね。

「足元がお留守ですよ？」

「えっ⁉」

正面から伸びてきた蛇は避けたんだけど……後ろからもう一本、足を狙ってたっ⁉

ってか、こっちが本命？

「うっ!!!!」

足に絡まり、すくい上げられるように宙吊りにされる。

そして――

「呪縛《バインド》っ！　呪縛《バインド》っ！　呪縛《バインド》っ！」

ダメっ！

これは不味いっ！　宙吊りの私に、次から次に紫の蛇が絡まりついてくる。

「呪縛《バインド》っ！　呪縛《バインド》っ！　呪縛《バインド》っ！」

いいよいいよ！

もう要りません！　間に合ってます！　バインド間に合ってます！

「呪縛《バインド》っ！　呪縛《バインド》っ！　呪縛《バインド》っ！」

もー！

バインドバインドバインドバインドって！

あんたはバインド職人か！　ってか、祭りかっ!?　これは祭りかっ!?

バインド祭り絶賛開催中ってことかーーっ!?

「呪縛《バインド》っ！　呪縛《バインド》っ！　呪縛《バインド》っ！」

で、そうしてできあがったのは――

――呪縛《バインド》に雁字搦《がんじがら》めにされて手足を全く動かせずに逆さに宙吊りにされた私だった。

ってか、これって不味くない？

「都合十三の拘束術式の同時展開。まあ、魔力は猛烈な速度で一気に食われますが――Sランクオーバーの化け物を縛り上げるには最適です」

「えーっと、つまり……？」

そうして悪魔神官はフフフと笑う。

「サンドバッグの完成です」

ですよねー。

思いっきり力を入れるけど、ダメだこりゃ。

拘束はビクともしないよ。

――力を貸すバブ？

いや、いいよ前世さん。もうちょっと一人で頑張ってみる。

「しかし、腕力頼りのビーストテイマーですか。貴女の前世は変わり者だったようですね？　普通はそんな魔法やスキルの取得の仕方はしませんよ？」

「まあ、バブバブ言ってますので……」

そうして、しばし何かを考えて、悪魔神官さんは小首を傾げてこう言った。

「……バブ？」

悪魔神官さんは怪訝な表情で、杖をこちらに向けてきた。

「魔力を食いますので……急ぎます。戦闘不能になるまで……焼かれなさい。レベル10：極炎《ヘルフレイム》」

「熱っ！」

そうして――正に地獄の業火の連打が私に連続して叩き込まれた。

一発、二発、三発。

「はは、ははは一っ！　焼かれなさいっ一　焼かれなさいっ！」

そうして、総数二十発の魔法を受けて、悪魔神官さんは――

「はは、ははは一っ！　はははは一っ！　はは……はは？」

「え？　どうかしたんですか？」

「……この連打でも無傷？」

「熱いですけどね」

「え？」

「え？」

互いに無言でしばらく見つめあう。

「ならば……水攻めですっ！」

何だかよくわからないけれど、ヤケクソ気味になった悪魔神官さんは指をクイっと動かして、バインドを動かした。

そうして私は橋の下の堀の水に投げ出されて――

「って、水はダメーっ！　泳げないしっ！　そもそも動けないしっ！」

ザバーンっ！

どんどん沈んで、ガボガボと水を飲んでそして私は――

――ん？

あれ？　ここって川？

ってか、川の向こうにおじいちゃんが見えるよっ！

「おーじーいーちゃーんっ！　ひーさーしーぶーりーっ！」

「こーっーちーくーんーなーー！」

「なーんーでーよーっ！」

「まーえーもーいーったーけーどーこーこーはー三ー途ーのー川ーっ！」

「マジでっ!?」

あっぶねー！

意識が一瞬飛んでたよ。ってか、今……かなりヤバいところまで行ったんじゃない？

——ちょっと……力解放するバブよ。

そして——

「どりゃあああああっ！」

何だかよくわからないけど、火事場のクソ力的なものが発動した。

そうして力任せに全てのバインドを引きちぎった私は、そのまま水を蹴る。

ザッパアアアアアンっ！

蹴った水圧を浮力に変えて、そのまま橋へと舞い戻った。

「前世さんありがとう！」

と、まあそれは良しとして……。

いや、でも、正直、詰んでるんだよねー。だって、こっちの攻撃も相手の攻撃も効かない……千日戦争状態なんだもん。

——もう、面倒だから私がやるバブ？

いや、実際に前世さんと交代にはナイスタイミングなところではあるんだけど、はてさて……。

でも、前世さんに頼りっぱなしってのもなー、本当にそれしか道はないのかなー？

と、そこで私は思い至った。

いや……ある。たった一つだけ、私が使える力で試していないのがまだある。

けど、まだ使ったことないんだけど、アレってタメの時間が相当必要なのは……なんとなく分かる。

戦闘中にタメの時間を作るって大変なんだよね。魔力練成の気配ですぐに察知されちゃうのは明白だし。

「……クソッ！」

おっと、悪魔神官さんがこちらに向けて杖を向けてきたよっ！

「ならばもう一度……呪縛《バインド》ですっ！」

と、そこでヒメちゃんが悪魔神官に飛び掛かっていった。

「まりさいじめちゃだめー」

「うるさいですね、小バエがっ！　レベル９：風神撃《カイザートルネード》」

いけないいっ！

竜巻が発生して、ヒメちゃんが上空に打ち上げられそうになっちゃってるよっ!?

と、そこで――

「小バエ……が……？　小さい……えっ？」

悪魔神官さんの右の鼻の穴から鼻水が垂れた。

それもそのはず、ヒメちゃんが巨大化してヒメさんになっていたのだ。

竜巻は巨大化したヒメさんを打ち上げることはできず、地面で竜巻の直撃を受けながら、仁王立ちよろしくドッシリと構えたヒメさんは、肺の奥まで響きそうな重低音でこう言った。

「マリサイジメルナ。オマエヲオレサマ、マルゴトカジル」

ダメー！　ヒメちゃんっ！

そんな大人の……しかも悪者の魔獣っぽいセリフはダメーっ！

お母さんはそんなこと許しませんよっ！

「うぎ、ぎゃ、ぎゃあああああっ！」

私の思いも空しく、ヒメさんはガブリと悪魔神官さんの右腕に噛み付いて――

――ストコラザシュンっ！

変な音が鳴ったよ？

ん？　これは一体どういうことなんだろう……あ、そうか！　と私は手をポンと叩いた。

噛み付きのクリティカル音ってこんな感じなんだろうね。

ともかく……と私は思う。

――ナイスヒメちゃんっ！　完璧な時間稼ぎだよっ！　今、悪魔神官さんはヒメちゃんに一杯一杯で私に構っている時間もなさそうっ！

なら、ここで決めるっ！

そう、私に残された最後のとっておき――

——龍言語魔法レベル５！

そうして私は魔力を紡いで、術式を構築させていく。

今まで精霊魔法は使ったことがあるけど、それとは比べ物にならない……ケタ外れの力の奔流が心臓に流れ込んできた。

そのまま魔力は心臓で練成されて、神経に張り巡らされている魔力回路に乗って掌へ。

こちらの様子に気づいたのか、悪魔神官さんは私の方を見て狼狽の表情を作った。

「な、なんですかその馬鹿げた魔力は？　それにその術式……っ!?　人間の扱うものでは——」

気づいたみたいだけどもう遅いっ！

さあ、食らいなさいっ！　今必殺のおおおおおおっ！

「レベル５：銀色咆哮《ドラグズ・イレイサー》っ！」

そうして、辺り一面が眩いばかりの閃光に包まれたのだった。

◆

で——。
ちょっと引くことになった。

なんていうか、凄い大きなレーザーというか、ビームみたいなのが出たんだよね。

で、ビームが出た私の前面の直線上、橋の向こう側……直線一キロくらいの全てが消失していたのだ。

もう、本当に半円状に延々と地面をえぐりとった感じ。

ってか、うっわぁ……マジ半端ねーわ、龍魔法。

途中でヒメちゃんを巻き込むとヤバいって気づいて、悪魔神官さんから照準を外したんだけどさ。

で、悪魔神官さんにも魔法は当たっていないんだけど、私の魔法を見て、「あわわ……」と完全に戦意喪失状態っぽい。

そうしてヒメちゃんっていうかヒメさんは私のところまで歩いてきて、上機嫌に尻尾を立たせてこう言った。

「マリサ。オレサママダアソビタイ。コイツマリサイジメタワルイヤツ」

ヒメさん……。

相手は戦意喪失状態なんだよ？　まだやるっていうの？

「もう十分じゃないかな――」

「マリサ。オレサマアソビタイ」

「もう十分じゃ――」

「マリサ。オレサマアソビタイ」

「もう十分――」

「マリサ。オレサマアソビタイ」

「もう――」

「マリサ。オレサマアソビタイ」

「あ、うん。やりすぎないようにね」

うう、目が怖いので押し負けてしまった。

っていうか、女の子なのに何でオレサマなのよ……ヒメさん……。

フー君もそうだけど、普段はあんなに可愛いのに巨大化したら野性味半端ないんだよねこの子達。

いや、待て……でも、ヒメちゃんはまだ赤ちゃんだ。

ひょっとしたら遊ぶといっても……私が想像しているような悪逆非道の残酷ファイトのことではないかもしれない。

何ていうかこう、蝶々とかを追いかける的な、そんなほのぼの系の展開の可能性もまだ残されているよね。

うん！ そうだよね！

ヒメちゃんは赤ちゃんだもんねっ！ 普段はあーんなに可愛いもんねっ！

そうしてヒメさんは瞳をランランと輝かせていて……。

うん！ 大丈夫！ 体は大きいけど、瞳はランランと無邪気で……穢れを知らない綺麗な瞳だよ！

きっと、悪魔神官さんと仲良く……ほのぼのと……ちょこっと懲らしめる程度に遊ぶつもりのはずだよっ！

最後はきっと悪魔神官さんと仲直りして、みんな笑顔になるとか、そういう系になるはずっ！

と、ヒメちゃんは悪魔神官さんのところに走っていって――

「オマエヲオレサマ、マルゴトカジル」

あ、あ、あ、頭からいった――――っ！

そして、その場に悪魔神官さんの「うぎゃああああ――――っ！」という悲鳴が響き渡ったのだった。

あ、ダメだ。

これはマジで死んじゃうかもしれない。

更に言えば上半身がヒメちゃんの口内で、下半身だけが出ている状態で、足がピクンピクンしているのが現在の状況だ。

叫び声も最初の一回だけだったし、これはもしかして……と、私は恐る恐る尋ねてみた。

「だ、だ、大丈夫ですかーっ!?」

「ぎゃあああ！」

あ、生きてた！

良かった、ヒメさんちゃんと手加減してくれてるんだねっ！

でも、止めてあげられなくてごめんね悪魔神官さん。だって……ヒメさん怖かったんだもん。

そこで私は悪魔神官さんの怪我の具合を確かめるために、再度聞いてみた。

「あ、あ、あ、悪魔神官さーん！　げ、げ、元気ですか――っ!?」

「ぐうああああああああああああ！」

うん、どうやら元気みたいだね。

そうして、最後に、一縷の希望と共に私はヒメちゃんに懇願した。

「ヒメちゃん、殺しちゃダメだからねっ！」

後方の惨状はなるべく見ないようにして、私がフー君のところに走りながら合掌していると――

「直線状の全てが……吹き飛び……消え去った……ですって？　それと……何という残酷なことに……っ!?」

と、フー君と戦っていた槍使いの女の人も、めっちゃビビってる感じになってる。

うんうん気持ち分かるよ。

だって龍言語魔法にもヒメさんにも、めっちゃ私もビビってんだもん。

そうしてフー君はニヤリと笑った。

「ふふ、確か貴様の連れが言っておったな？　我が主を……腕力頼りの不完全なビーストテイマーだとな」

「……」

「貴様らは勘違いしておる。そもそも我が主は本職はビーストテイマーですらないのじゃがな？」

「どういうことなの？」

「我が主は……魔法剣士じゃ」

そこで槍使いの女の人は「えっ⁉」と驚愕の表情を作った。

「あの娘……魔法剣士っ⁉　素手なのに⁉　神狼従えてるのにっ⁉」

そうして私も「えっ⁉」と驚愕の表情を作った。

――私ってば魔法剣士だったのっ⁉

衝撃的過ぎる事実だよっ！　私自身、めっちゃ素手の人だと思ってたよっ！

「まあ、申し訳程度にビーストテイマーの技術も使えるようじゃがな。さて……これで終わりじゃ」

「くっ……フェンリルだけで互角だったのにこれで一対三……確かに勝ち目はないわっ！」

「一対三？　互角？　何を勘違いしておる？　本当に勘違いの多い輩じゃな」

そうしてフー君は私に声をかけてきた。

「のうマリサよ？」

「え？　何？　フー君？」

「我と同じ言葉をリピートせよ。さすればそれで全てが終わる」

「え？」

「いいから、続けて言葉を」

「分かったけど……」

「従魔ビーストテイム：神狼フェンリル。拘束除去」

言われたとおりに言葉を続ける。

「従魔ビーストテイム：神狼フェンリル。拘束除去」

すると、私の中から力が溢れて……両手の指先からフー君の方に力が流れていった。

そうして、槍使いの女の人の顔から血の気が引いていった。

その瞳は瞬時に恐怖の色に染まり、ガクガクと震え始めた。

「ビーストテイマーの操る従魔の力は日常的には半分以下に抑えられているという話……ま……さか……？」

「左様。我は枷《かせ》の中で闘っておった」

「……そんな馬鹿な。Sランクオーバーの超危険生物である神狼とはいえ、半分以下の力で私と互角に闘えるはずが……？」

「生憎じゃが、フェンリルとして我は最上位個体。当然、進化して神狼となった我はただの神狼に非ず……必然的に神狼の中でも最上位なのじゃ」

「そんな……そんな……っ！」

全てを悟った槍使いの女の人は半狂乱に陥った。

目が血走った彼女は、何を思ったか「アアアアア――――っ！」と叫びながら、フー君に向けて槍を繰り出した。

槍はフー君の眉間に直撃し、女の人は「殺《と》った！」と確信の笑みを浮かべた。

けど――

「ああ、それとな？　昔に見たことがあるが、貴様の槍――そのグングニルは偽物じゃぞ？」

「――なっ⁉」

「如何に絶大な力の差があるとはいえ、本物のグングニルを食らえば我とて無傷とはいかんのでな」

眉間に槍を受け、血も流さずに微動だにしないフー君は言葉通りに無傷だった。

槍使いの女の人は、ただただ震えて、恐怖に打ちひしがれているようだ。

うん、もう勝負ありだね。

「さて、お喋《しゃべ》りは終わりじゃ。行くぞ、下等生物（人間）よ」

そうしてフー君は王者の威厳と共に、槍使いの女の人に向けて咆哮をあげた。

◆

――結局。

ギルド長さんが侯爵家に逆らう形になったみたい。

で、ここに溢れたアンデッドに破格の懸賞金がかけられたらしいんだよね。

ああ、でも全然ギルド的には問題がないみたい。

と、いうのも、侯爵家に反発する派閥の有力貴族に話をつけて、ギルドはそちらについたってことらしいね。

ギルド支部としても、二つの派閥に割れて揉めている国の事情に、いつかは方針を決めなくちゃならなかったらしくて、今回のはいい機会だったって話だった。

でも、ギルド長さんが色々と頑張ったのは間違いない訳で——

「ありがとう！　ギルド長さん！　おかげでこちらは被害ゼロだったよっ！」

「礼ならシャーロットに言うんだな。俺はただ娘を守ったに過ぎん。こいつが一人で行くと言ったときは……肝を冷やしたもんだ」

「ありがとうシャーロットちゃんっ！」

「ルイーズさんも手伝ってくれたんですよ！」

「ありがとうルイーズさん！」

「か、勘違いしないでもらいたいですわね。私はシャーロットさんに言われて仕方なく来ただけなんですからね！」

顔を染めて、頬を膨らませてプイっとルイーズさんは顔を背けた。

いや、それってシャーロットちゃんに対して思いっきりデレてるんだけどね。

と、私はふふふっと笑ってしまった。

「ともかくみんなありがとう！」

アイリーンさんに魔術師のお姉さんにドラゴンさん。そしてギルドのみんな……私のために立ち上がってくれたらしい。

と、私は安堵のあまりにその場に崩れ落ちた。

ってか、腰が抜けた感じで立てないよ。

どうにも、今回は……守るべき者がある戦いだったから、色々と精神的にも肉体的にも実は磨り減ってたみたいだね。

「ところでマリサちゃん？」

そうしてシャーロットちゃんは、私が龍言語魔法で大惨事とさせた森の方に目をやって――

「コレは一体……？　むちゃくちゃなことになっているようなんです……」

シャーロットちゃんが「まさか……」的な目で私を見ている。

はい、そうです。お察しのとおりです。

「あ、うん……それ……私の仕業……」

「うわぁ……」

なんともいえないという感じで、シャーロットちゃんは呆然とその場で立ち尽くしている。

まあ、今までの精霊魔法とは桁が違う威力だもんね。それはまあ、シャーロットちゃんがガチでドン引きしてる感じからも……よく分かる。

「いやー、でもこんなのってほとんど化け物だよね？　ははは、友達やめるって言われても私は……気にしないから……。うん、嫌だったらホントに気にしないで言ってくれていいからね？」

「え？　え？　友達やめる？　どうしてなんですか？」

「自分が化け物って自覚も……まあ、ちょっとはあるし。今、シャーロットちゃん呆然としてたじゃん？　悲しいけど、それって普通の反応だと思う」

普通はそんな奴が友達とか嫌だよね？　だってほとんど人外なんだもん。

まあ、力を持ち過ぎちゃった場合、人から疎まれたり妬まれたり恐れられたり……そういうのは御《お》伽噺《とぎばなし》の定番の話でもあるもんね。

やはり、不用意に力を見せるのは不味かった気もするよ。

けど、私は全力を出したことを後悔していないよ。力があったからケルベロスさんも守ることができたんだしね。

とはいっても、ドン引きのシャーロットちゃんの表情はやっぱり……本当に悲しいけどね。

そうしてシャーロットちゃんはフルフルと首を左右に振って、私に思いっきり抱き付いてきて——

「ぎゅーっ！」

「えっ⁉」

「マリサちゃんが凄いなーって思って驚いていただけなんですっ！　そんなこと言わないでください
なんですっ！」

「本当に？　私の事怖かったりしない？」

「怖くないんです！　大好きなんですっ！」

あ、ダメだこりゃ。

ちょっと涙が出そうになってきた。だから私は――

「……ありがとう」

「え？」

そうして私は思いっきりシャーロットちゃんを抱きしめて――

「ぎゅー――っ！」

私が抱きしめると、シャーロットちゃんもニコリと笑って――

「ぎゅー――――っ！」

そうして二人で「ぎゅーっ！」ってして、声を出して「あはは」と笑った。

と、まあそんなこんなで――

――私達は街への帰路についたのだった。

epilogue

# エピローグ

その日の夜はギルドの食堂で大宴会だった。

聞けば、侯爵家の属する派閥と敵対してる大公さんがアンデッド討伐の依頼を出して、それはそれはみんなの財布はホックホクっていうことみたいだね。

ちなみにこの国はお酒は十四歳から飲めるので私はギリギリセーフ！

まあ、ワイン一杯を飲んだだけでヘロヘロになって……そこからはずっと水を飲んでたんだけどね。

で、何かギルドに十四歳の娘は珍しいってなもんで、私はマスコット的な扱いでギルド員のみんなに揉みくちゃにされて、めちゃくちゃ頭を撫でられて……。

「強い！」

「マリサちゃん強い！」

「マリサちゃん可愛い！」

「マリサちゃん強可愛いっ！　龍魔法凄い！」

うん、ビックリするくらいに能天気な人達だ。やりすぎちゃったかもとか考えてた自分が馬鹿らしくなってくる。

で、酔っ払いに絡まれて揉みくちゃにされてる途中で、それに気づいたアイリーンさんが怒って大乱闘になったりして。

けど、乱闘があったりしたけど、何だかんだでギルドのみんなは仲が良さそうで、っていうか、喧嘩でギルド長さんが爆笑してて「いいぞ！　もっとやれー！」って、お祭りみたいに盛り上がってたんだよね。

最後、アイリーンさんがやりすぎそうになった時は全員で止めてたし。

で、アイリーンさんも顔に青タンを作って、喧嘩が終わった後は爆笑しながら、喧嘩した人達と仲良さそうに喋《しゃべ》ってたし……。

——何というかまあ、ギルドの飲み会ってそういうノリみたいなんだよね。

それで私はとにかく終始ケタケタと笑っていたことは覚えている。

みんなが笑顔で……私も愉快な気持ちになっていたんだろうね。

そうして、楽しい宴はエルフの受付嬢さんの「食堂の閉店時間です」との言葉と共に「ええええええ!?」と、名残惜しい感じの全員の叫び声と共に終了を迎えたのだった。

～翌日のマリサの日記～


この街に来てまだ少しだけど、本当に色んなことがありました。

ケルベロスさんを守るのに、フー君やヒメちゃんやみんなの力を借りたり。

まだまだ私一人の力では、好きに気ままに生きていくことはできそうにありません。

正直、まだまだ私は小娘で、力に振り回されて、思い通りにいかないことも多いです。

でも、私は思うのです。

昨日、飲んだくれていたみんなを見て思ったのです。

酔っ払ってワシワシと私の頭を撫でているみんなを見て思ったのです。

私にスリスリしてくるフー君とヒメちゃんを見て確信するのです。

色々と……心配事はあるけれど。

——私、マリサ＝アンカーソンは……これからもどうにかこうにか毎日楽しく生きていけそうです！


追伸。

あ、それと今日、とんでもない事実が発覚しました。
前世さん以外に私の中にもう一人いるみたいです。

# あとがき

初めましての方は初めまして白石です。そうでない方は引き続きありがとうございます。

さて、本作は異世界系主人公最強モノのセオリーは踏まえつつ、同時に相当に変わった作品でもあると思っています。

コンセプトは明るく元気に優しく最強な異世界です。

それをベースにクスっと笑えて、娯楽としての重要な要素である、読者様に明るい気分になってもらいたいということを最も強く意識しています。

筆者も楽しんで書けたので、読者様についても楽しんで頂けたのであれば感無量です。


ちなみに筆者の他の色んな作品を知っているような方は、「今回はそっちのノリの白石新」でフルアクセルで来たんだなと思われると思います。

異世界バトル系の白石作品しか知らない方は、驚いたのではないかなと思いますが、まあ、こんなぶっ飛んだ作風で書く方が実は大好きです。

文庫ライトノベル・マンガ等であればもっとぶっ飛ばしても良いんでしょうが、大判異世界系というジャンルにおさめなくてはいけないので、その中では限界まで攻めたのかなと。

どちらにしても、異世界系好きの方にも、そうでない方についても楽しめるように作ったはずですが、ちょっと強烈なのは間違いないので、はたして狙い通りにいったのかいってないのか……という所ですね。


と、お話変わりまして本作はスクウェア・エニックス様からコミカライズ予定です。

あとがきを書いている今の段階では、いつからかはまだ分かりませんが近々中に『マンガＵＰ！』様で読めるようになるはずなのでチェックしていただければと思います。

作画担当予定の先生の作画も素晴らしいの一言で、一見の価値アリなのかなと。とにかくマリサ可愛いです。

また、姉妹作（？）として「転生大聖女、実力を隠して錬金術学科に入学する」という小説作品がオーバーラップ様から出版されています。

こちらもコミカライズしておりまして、あとがきを書いている現時点でマンガＵＰ！様で連載中となっています。

実は「けもの使い」は何度も何度も改稿されておりまして、当初は主人公が「転生大聖女」と似たような双子みたいなキャラだったはずが、どんどんおかしな方向に……（笑）

そちらも面白いので是非とも確認してくださいね！　女性向けレーベルから出ていますが、白石節全開で男女両方読めるように作っています。

まあ、元々、本当に姉妹作として書いていたものなので、私の作品の中では一番本作に近いと思いますので安心して読めるはずです。


最後に謝辞です。

イラスト担当の希望つばめ先生！　可愛らしいイラストありがとうございます！

日本国内でマリサをここまでイメージ通りに描けるのは先生しかいないということでお願いしたのですが、予想を遥かに上回る素晴らしいキャラデザです！


担当編集様！　今回は超絶大改稿にお付き合い頂きありがとうございました！

おかげさまで、少なくとも作り手として、好きな人は絶対に好きな内容であると自信をもって太鼓判を押せるクオリティになったと思います！


最後に、お買い上げいただいた読者様！　ありがとうございました！

願わくば2巻のあとがきでもお会いしたいのですが、ぶっちゃけ売り上げ次第です！

面白いと思われた方はご友人等にオススメいただければと思います！

それはでまた、いつかどこかのあとがきで出会えることを願っております。
ありがとうございました！

GC NOVELS

# けもの使いの転生聖女

## ～もふもふ軍団と行く、のんびりSランク冒険者物語～ ①

本書は小説投稿サイト「小説家になろう」(https://syosetu.com/)に
掲載されていたものを、加筆の上書籍化したものです。

2020年8月7日　初版発行

著者　白石 新
イラスト　希望つばめ

発行人　武内静夫
編集　伊藤正和
装丁・本文デザイン　AFTERGLOW
印刷所　株式会社エデュプレス
発行　株式会社マイクロマガジン社
URL:http://micromagazine.net/

〒104-0041
東京都中央区新富1-3-7　ヨドコウビル
TEL 03-3206-1641 FAX 03-3551-1208(販売部)
TEL 03-3551-9563 FAX 03-3297-0180(編集部)

---

ISBN:978-4-89637-992-1　C0093 